REMEMBRANCES by Stephen Owen
Copyright © 1986 by the President and Fellows of Harvard College
Published by arrangement with Harvard University Press.
Simplified Chinese translation copyright © 2014 by
SDX Joint Publishing Company.
ALL RIGHTS RESERVED.

Stephen Owen

宇文所安作品系列

Remembrances
The Experience of the Past in Classical Chinese Literature

追 忆
中国古典文学中的往事再现

〔美〕宇文所安 著

郑学勤 译

生活·讀書·新知 三联书店

Simplified Chinese Copyright © 2014 by SDX Joint Publishing Company.
All Rights Reserved.
本作品中文简体版权由生活·读书·新知三联书店所有。
未经许可，不得翻印。

图书在版编目（CIP）数据

追忆：中国古典文学中的往事再现／（美）宇文所安著；郑学勤译．—北京：生活·读书·新知三联书店，2014.3
（2022.5 重印）
（宇文所安作品系列）
ISBN 978-7-108-04805-9

Ⅰ.①追…　Ⅱ.①宇…②郑…　Ⅲ.①中国文学－古典文学研究　Ⅳ.①1206.2

中国版本图书馆 CIP 数据核字（2013）第 274114 号

责任编辑	冯金红
装帧设计	蔡立国
责任印制	董 欢
出版发行	生活·讀書·新知 三联书店
	（北京市东城区美术馆东街 22 号 100010）
网　　址	www.sdxjpc.com
图　　字	01-2016-9746
经　　销	新华书店
印　　刷	三河市天润建兴印务有限公司
版　　次	2014 年 3 月北京第 1 版
	2022 年 5 月北京第 3 次印刷
开　　本	880 毫米 × 1230 毫米　1/32　印张 5.625
字　　数	119 千字
印　　数	10,001-13,000 册
定　　价	58.00 元

（印装查询：01064002715；邮购查询：01084010542）

目　录

三联版前言　*1*

导论：诱惑及其来源　*1*
1　黍稷和石碑：回忆者与被回忆者　*20*
2　骨骸　*42*
3　繁盛与衰落：必然性的机械运转　*61*
4　断片　*80*
5　回忆的引诱　*99*
6　复现：闲情记趣　*119*
7　绣户：回忆与艺术　*136*
8　为了被回忆　*158*

译后记　*172*

三联版前言

宇文所安

《追忆》是尝试把英语"散文"(essay)和中国式的感兴进行混合而造成的结果。在我的学术著作里,无论是在中国还是在美国,这本书都产生了最广泛的吸引力。这一"成功"很有意思,因为《追忆》可以说代表着在一种英语文学形式里对中式文学价值的再创造。

英语的 essay 是一种颇有趣味的形式。它和现代中国散文有所不同:现代中国散文强调作者的主观性和文体的随意性,而英语的 essay 则可以把文学、文学批评以及学术研究,几种被分开了的范畴,重新融合为一体。作为一种文学体裁的 essay,必须读起来令人愉悦;而且,既然属于文学的一部分,它就应该时时更新,不能只是一成不变。作为文学批评的 essay,则应该具有思辨性,至少它提出来的应该是一些复杂的问题,这些问题的难度不应该被简化。作者面临的挑战是把思想纳入文学的形式,使二者合而为一。最后,essay 必须展示学术研究的成果。我们的学术写作,通常喜欢使用很多的引文,很多的脚注,来展现学者的知识范围。而写一篇 essay,学者必得隐藏起他的学识,对自己所要使用的材料善加选择。

上面谈到的这样一种 essay 是我的理想。它大概永远不能得到完美的实现。《追忆》在一定程度上实现了这一理想，但是，我也很清楚地意识到这本书尚可进一步完善的地方。essay 的本义，是"努力"或"尝试"。每一篇 essay 都是一次尝试，把那些被历史分隔开了的领域重新融为一体。这一简单而也许不可能达到的理想值得我们记在心里，因为文学创作、学术与思想，是可以也是应该结合在一起的。

借着这次机会，我想对那些把《追忆》带给中国读者的朋友表示感谢。首先要感谢的是译者郑学勤。翻译者往往花费了大量时间和心血，却很少得到感谢与承认。郑学勤不仅准确地传达了原文的意旨，而且也在译文中保存了原文的文学性。如果我的著作能得到中国读者的喜爱，很大程度上都要归功于它们的翻译者；而在这一方面，我实属幸运。

同时，也要感谢三联书店决定重版我的几部旧著，尤其要感谢三联的编辑冯金红女士，在编辑这一作品系列时付出的辛勤劳动。最后，我要感谢田晓菲从她自己的繁忙工作当中抽出时间，翻译这一前言——还好，我没有写得太长。

2004 年 11 月于坎布里奇

导论：诱惑及其来源

早在草创时期，中国古典文学就给人以这样的承诺：优秀的作家借助于它，能够身垂不朽。这种文学不朽性的承诺在西方传统中当然也不少见，然而，在中国传统的长期演变中，这种承诺变得越来越重要，越来越像海市蜃楼似的引人入胜：它不但能使作家名垂千古，也能让作家内在的东西流传不衰，因此，后世的人读了他的作品，有可能真正了解他这个人。这种承诺唤起的希望越大，引起的焦虑感就越严重，带来的困难就越难克服。

由于这种强烈的诱惑，中国古典文学渗透了对不朽的期望，它们成了它的核心主题之一；在中国古典文学里，到处都可以看到同往事的千丝万缕的联系。"后之视今，亦犹今之视昔"，既然我能记得前人，就有理由希望后人会记住我，这种同过去以及将来的居间的联系，为作家提供了信心，从根本上起了规范的作用。就这样，古典文学常常从自身复制出自身，用已有的内容来充实新的期望，从往事中寻找根据，拿前人的行为和作品来印证今日的复现。但是，任何强烈的期望都有相应的恐惧伴随出现。惧怕湮没和销蚀的心理，须臾不离地给永恒地"写下自我"的期望罩上了阴影。

在传统的西方文学论著里，披着面纱的真实，作为文学的象征，是经常出现的论题。作品犹如衣裳，有的透明些，有的不那么透明，它们为想象勾勒出身段体态，同时却遮住了衣服中娇好的肉体。成文的东西同它要表达的意义之间，表面显露的东西同真实之间，总有一段距离、一条鸿沟。在这种认知形态里，隐喻法占有重要的地位，同一个词，既向我们揭示，又向我们隐瞒，既告诉我们真情，又向我们散布谎言。

这种认知形态在中国古典文学中通常也可以见到，不过，比起另一种认知形态来，它是次要的。另一种认知形态也有鸿沟，另一种鸿沟，时间、消逝和记忆的鸿沟。这里，举隅法占有重要地位，以部分使你想到全体，用残存的碎片使你设法重新构想失去的整体。犹如招魂典礼上非用不可的某些衣物，用它们来替代死去的人。如果说，在西方传统里，人们的注意力集中在意义和真实上，那么，在中国传统中，与它们大致相等的，是往事所起的作用和拥有的力量。

无论在哪一类传统中，鸿沟或者说障碍，都有它的魅力。按照西方的摹仿这个概念，摹仿者对于被摹仿者来说，一定是从属的、后起的，永远如此。无论什么时候，摹仿都不可能尽善尽美；一旦摹仿完美无缺，摹仿就不再是摹仿，它成了被摹仿物本身。记忆者同被记忆者之间也有这样的鸿沟：回忆永远是向被回忆的东西靠近，时间在两者之间横有鸿沟，总有东西忘掉，总有东西记不完整。回忆同样永远是从属的、后起的。文学的力量就在于有这样的鸿沟和面纱存在，它们既让我们靠近，与此同时，又不让我们接近。

摹仿物同被摹仿物之间的鸿沟，把真实划分成两个迥然不同的层次。一幅画着一只苹果的油画有它自己的物质实体，但是，作为对苹果的描绘,它同现实的苹果有不同的存在层次;如果两者同时出现,就像有时厨房里既有苹果又有苹果画,或是另一幅图画既画了苹果又画了苹果画,那么,两者的并列会使我们意识到艺术与经验世界之间的区别。艺术品有自己的边界,它们把它同周围的世界隔开:它可以取代现实世界,但不会同它混为一体。对希腊人来说,《伊利亚特》是完整地、生动地展现在眼前的英雄史迹,如同它所再现的阿喀琉斯的盾牌一样,是一件圆整的工艺品,而且通过再现,取代了一去不复返的英雄时代。正是这种自成一体的状态,这种艺术品内在的生存力,使得它能够脱离历史而自立。

记忆的鸿沟则不同:引起记忆的对象和景物把我们的注意力引向不复存在的完整的情景,两者程度无别,处在同一水平上。一件纪念品,譬如一束头发,不能代替往事;它把现在同过去连结起来,把我们引向已经消逝的完整的情景。引起回忆的是个别的对象,它们自身永远是不完整的;要想完整,就得借助于恢复某种整体。记忆的文学是追溯既往的文学,它目不转睛地凝视往事,尽力要扩展自身,填补围绕在残存碎片四周的空白。中国古典诗歌始终对往事这个更为广阔的世界敞开怀抱:这个世界为诗歌提供养料,作为报答,已经物故的过去像幽灵似的通过艺术回到眼前。

我们来看一看下面这首小诗,一首中国诗中的名作,考虑一下是什么原因使得它为人们传诵赞赏。这是一首同追忆有关的诗,无声的回忆萦绕在诗人心间,给诗染上了人们熟知的风采。这又是一首帮助我们记住它的作者的诗,它为我们在今天充分地了解"他是谁"提供了一部分线索。为了完成追忆的任务,把诗

追 忆

人的过去带到我们眼前，这首诗向我们展示了它周围历史的世界，呼唤它的读者从简洁的行文里去寻找形成它的完整的情景。无论是诗所表现的诗人记忆中的场景，还是这首作为诗人以及他那个时代的纪念物的诗，都是不完整的。然而，艺术的力量恰恰来源于这样的不完整，正如在西方的传统里，这种力量来源于摹仿的嬗递。

    岐王宅里寻常见，
    崔九堂前几度闻。
    正是江南好风景，
    落花时节又逢君。

这里诗意何在呢？没有值得注意的词句，看不到动人的形象，整个景象太熟悉了，诗人也没有用什么新奇的方式来描写，使得熟悉的世界看上去不那么眼熟。假定我按字面的意思来叙述它的内容，那就是："我在岐王和崔湜那里经常看到你，听到你歌唱，现在，在晚春，我在江南又遇到你了。"难道这也算诗？更不用说是为人交口称誉的诗了。要回答这个问题，或许不能仅仅从诗本身着眼，或许问题应该这样提：既然我们明知这首诗确实富有诗意，那么，在什么情况下，才有可能发掘出这首诗的诗意呢？

  这是一首描述相逢的诗，它追忆的是很久以前的某一时刻，要让对方想起这个时刻，只需要稍微提醒一下就可以了。因为关系密切，所以只需要稍微提醒一下，就像与一位老朋友谈话时，我只需要说："还记得那个夏天吗……"各种细节会涌入我们的记忆，也许各人有各人不同的方式，但无疑都是无声地涌入脑海，都是事实原来面目的再现。因此，诗人在这里只需要提到"岐王宅"就够了。而我们这些后来的、当时并不在场的读者，由于这种私人间打招呼产生的吸引力，想要重温隐藏在字里行间发挥作用的事件：他们的相逢成了我们与之相逢的对象，我们因此也沉入无声的回忆——回忆我们曾经读到过的东西，回忆在我们的想象里，当时是怎样一幅情景。

没有这些阅读和已有的想象，就没有诗：我们会被排斥在外，成为既不了解说话者也不了解受话者的局外人。然而，如果我们知道这首诗是杜甫的《江南逢李龟年》，知道它作于770年，我们就会由此想到杜甫一生的流离颠沛，想到安禄山之乱和中原遭受的蹂躏，想到失去的安乐繁华，它们在玄宗开元年间和天宝早期似乎还存在，对作此诗时的杜甫说来，却已成了过眼烟云。我们想到，这是一首杜甫作于晚年的诗，这位游子此时终于认识到，他再也回不了家乡，回不了京城。与此同时，我们也记起在我们头脑中李龟年是什么样的形象，他是安史之乱以前京城最有名的歌手，是最得玄宗宠幸的乐工之一。乐工在安史之乱中四散逃亡，李龟年的声望和特权也随着丧失了。这时，他已年入暮龄，流落到江南，靠在宴会上演唱为生。《明皇杂录》告诉我们："唐开元中，乐工李龟年、彭年、鹤年兄弟三人皆有才学盛名……特承顾进。……其后龟年流落江南，每遇良辰胜赏，为人歌数阕。座中闻之，莫不掩泣罢酒。"（卷下）在江南宴游者眼里，李龟年就是杜甫所说的"余物"——他站在他们面前不仅仅是为他们歌唱，同时也使他们想起他的往昔，想起乐工们的境遇变迁，想起世事沧桑。他站在我们面前歌唱，四周笼罩着开元时代的幽灵，一个恣纵耽乐、对即将降临的灾难懵然无知的时代。

5

这四行诗的诗意究竟在哪里？在说出的东西同这两个人正在感受和思考的东西之间是存在距离的，诗意不单在于唤起昔日的繁华，引起伤感，而且在于这种距离。让我把这一点阐述得更清楚一些：诗意不在于记起的场景，不在于记起它们的事实，甚至也不在于昔日同今日的对比。诗意在于这样一条途径，通过这条途径，语词把想象力的运动引导向前，也是在这条途径上，语词由于无力跟随想象力完成它们的运动，因而败退下来。这些特定的语词使失落的痛苦凝聚成形，可是又作出想要遮盖它们的模样。这些词句犹如一层轻纱而徒有遮盖的形式，实际上，它们反而更增强了在它们掩盖之下的东西的诱惑力。

杜甫记起岐王李范提供的聚会场所，李范是开元早期诗歌和音乐的赞助者。假如对开元时期的诗歌和文坛逸事有足够的了解，我们也会记起这些聚会。不过，杜甫在这里说的是经常见到（"寻常见"）和多次听到（"几度闻"）。同许多其他的回忆不一样，这不是回忆某一具体的时刻，而是回忆自从不能再与李龟年经常相遇以来的这一段时间距离。说不定就是在他们经常相遇的日子里，杜甫也很珍视他们的相会，但是，没有人会对"寻常"的东西给予足够的珍视。现在，失去了可以随意相聚的机会，相逢的经常性本身也成了值得珍视的东西。"寻常"成了异乎寻常。此时此刻，记忆力使他们意识到自己失去了某种东西，由于这种失落，过去被视为理所当然的东西，现在有了新的价值。

杜甫现在这副模样或许不会让李龟年想到，这样一个人以前在官宦士绅和骚人墨客的、美事纷陈的聚会上曾经是常客——然而，当时谁又能料到李龟年今日的遭遇？杜甫"认出了"李龟年，从李龟年的眼中看出了自己目前的境况，他希望李龟年也能认出他,能知道他与他曾经是同一种人。现在,我们重新听一听这首诗,就可以听出他要求得到承认的愿望:"那时我是经常看见你的呀。"

同很久以前的"经常"和"多次"相对照,我们面对的是发生在眼前的"又一次"("又"):这是孤立的一次相逢,由于失去了以往那种经常相逢的机会而变得珍贵难得,人们过去没有充分认识到这种机会的可贵,孤立的一次相逢以长期的分离为背景,既有往日的分离,也有可以预见得到的未来的分离。没有付诸文字的东西给能够体会出这层诗意的读者留下深刻的印象。杜甫没有直抒表现在感遇诗中最常见的情感:"你我何日再相会?"眼前的相遇说不定是最终的一次,他们俩都明白;他们都已是老人了。杜甫没有讲到这件事,相反,他只谈此时此刻("正是"),只谈景色的美丽。

他挥手指向展现在我们眼前的美丽景色,把我们的注意力从对消逝的时间的追忆上引开,或许还从未来上引开。然而,这个姿态是一种面纱,它是这样透明,以致使我们更加强烈地感受到我们所失去的东西。当我们说:"让我们别再谈它了",并且试图转移话题时,我们所处的正是个令人痛苦的时刻,它说明了一个真情,标志着我们的思想难以摆脱我们同意要忘掉的东西,而且现在比以前更难摆脱了。

不过,还是让我们把这深一层的真情放在一边,光是来留意一下可爱的景色("好风景")吧。这样,我们会更进一步注意到这幅景色所处的季节("落花时节")。尽管迷人的景色令人分心旁骛,它还是叫人忘不了,这是同末日、凋落和消逝遥相呼应的、与它们有关的形象。

追 忆

诗人追忆的是人的集会和人所居住的华屋广厦、官宦文人的聚会和岐王的宅邸,它们结聚在头两句诗里,接着消失了。记忆的幻象刚从我们眼前消失,面对的自然风景就取而代之,出现在后两句诗里。但是,这种取代又深化成为提示我们想起失落物的东西,落花又一次使我们想到,繁华的季节已经终结了。

诗的结束是现实场景的开始:"我又碰到你了"("又逢君"),在这个陈述中伴随有许多没有说出来的叙述。诗好像在说:"我以前见过你好多次,现在又碰到你了",似乎只不过在相逢的总数上又加上一次。这个陈述是符合事实的,然而,毋庸置疑,这次相逢不是简单的"又碰到你",就像开元年间经常发生的相遇一样:这是一次非常特别的"又逢君",同以往的都不一样。并不像它声称的那样是简单的重复。诗人把它说成是普通的重复——"我又碰到你了"——有一半是为了装样子,装作他想要掩饰他由这次相逢而承受到的重量,以及从中感受到的独特的欢愉和痛苦,而它们恰恰是因为这次相逢同以往的相逢全都不同而造成的。这个姿态又是一层透明的面纱:他通过无言而喊出想说又没有说的东西。

这四行诗是回忆、失落和怅惘的诗:失去了的过去,可以想见的、完全没有希望的将来。然而,整首诗中没有一个字讲到同丧失有关的事。它谈到的只是相会:

> 岐王宅里寻常见,
> 崔九堂前几度闻。
> 正是江南好风景,
> 落花时节又逢君。

往昔的幽灵被这首诗用词句召唤出来了,而这些词句用得看上去使劲要显得对这些幽灵一无所知;装得越像,幽灵的力量就越大。对我们来说也一样。我们读到这首小诗,或者是在某处古战场发现一枚生锈的箭镞,或者是重游故景:这首诗、这枚箭镞或这处旧日游览过的景致,在我们眼里就有了会让人分辨不清的双重身份:它们既是局限在三维空间中的一个具体的对象,是它们自身,同时又是能容纳其他东西的一处殿堂,是某些其他东西借以聚集在一起的一个场所。这种诗、物和景划出了一块空间,往昔通过这块空间又回到我们身边。

本书的8个章节就是要讲述这样的殿堂,以及它们同那些恰好身居其中的人的关系。这些章节不按年代排列,也不求分类阐述;它们不是想为奠定中国文学研究这幢大厦的基础添砖加瓦,也不是为修筑它高耸入云的尖顶尽绵薄之力。它们不是写给非专业读者看的、四平八稳的引论。我所以要写它们,惟一希望的是,当我们回味某些值得留恋的诗文时,就像我们自己在同旧事重逢一样,它们能够帮助我们从中得到快感,无论是经由什么样的道路,要领悟这些诗文,单靠一条路是走不通的。

如果把出现在中国文学传统中的往事按部就班地写成一部历史,那么,它给人带来的将是不真实的幻象:这不仅是因为同所有的历史一样,这样的一部历史也不会是真实的,而且因为它会严重损害自成一体的情状。写往事可以写下它的来龙去脉("本末"),写历史则是在对文明的集体记忆中撷取材料,就像写回忆录和自传是从我们自身的记忆中撷取材料。历史学家按自己的方式处理往事,他们想稳妥地左右其中的危险力量。这种把记忆变为历史的方式固然有趣,我们却没有必要去作这样的尝试,去把我们自己的反思处理成历史的幻象。过去揳入现实时,是完整的、未被分割的,当我们让它就范于那些构成"历史"的清规戒律时,这种真实的完整性就不复存在了。

不过,我们可以注意到,"来龙去脉"也是一种时间秩序中的某些阶段:首先产生的是往事给人带来的心旌摇摇的向往之情,随后它有了某种形式,某种约定俗成的、与相逢有关的反应方式。这种普遍性和通常的行事方式,像是一张疏而不漏的大网,形成了拥有各自独特魅力的个别作品的背景,这些作品就是我们在后面的章节里要讨论的。

《尚书》和《诗经》是中国最早的文学作品,在它们之中就可以发现朝后回顾的目光(《易经》的经文部分中则没有,它关心的是永恒的周而复始)。在《尚书》可信的部分中,始终有一双警觉的眼睛,它们注视着祖先和他们的告诫,也注视着落魄前辈的、应当引以为戒的事例。《诗经》也一样,"大雅"和"颂"赞誉祖先,称颂古时的胜利。到处都把注意力集中在先人和沿袭的习俗上,这种习俗希腊人称为 nomos,即传统惯例这个意义上的"法律",我们在本书中称为"礼法"。在初民社会里,几乎每个民族都要拿旧时习俗作为标准,仔细衡量一件事是否有意义,是否值得去做。

然而,这种固执地回视过去的目光,并不是对往事的真正反思。"周颂"作于公元前10世纪初,在它里面,被奉为神祇的祖先就在我们四周;在这里,无时无刻不顾及到先人和沿袭的习俗,并不是把过去的事作为过去来考虑,作为消逝而不存在的东西,相反,倒是把它们看作压迫人的、现实存在的东西。在初民社会中，过去同现实离得并不太远；父辈们和奉作神祇的祖先们就在近处徘徊。人们说话时小心翼翼，知道自己说些什么他们都听得见。在《生民》这首欢庆丰收节日的杰出的颂歌里，诵诗者首先叙述了后稷的传说、谷物丰登和周室的建立；诗歌是用我们今天可以视为表演性的演唱词结束的，用大声强调真实可信来使得它真实可信：

> 其香始升，
> 上帝居歆。
> 胡臭亶时，
> 后稷肇祀。
> 庶无罪悔，
> 以迄于今。

人们总是带着惴惴不安的心情去继承古时的约法和祭祀的惯例。在承上启下的过程里随时都可能做错事而产生"罪悔"，祖先们会因此而不高兴，不再降福于后人。为了克服这种焦虑不安的心情，诵诗者大声宣称：他们的祭祀完美无缺。然而，无论是这样的庆典还是这种焦虑心情都清楚无误地表明，我们的行为不但没有同过去脱离，相反，在很大程度上受到过去的约束。

自从有文字记载以来，我们就可以看到，文明在其早期发展阶段，经常面临向礼法、向沿袭的成规和礼仪的挑战。在应付挑战的过程中，礼法或者被摈弃，或者在新的、更坚实的基础上变得更为牢固。在希腊人那里，挑战来自哲学传统，它以物理学和宇宙论作为武器，这种传统在苏格拉底身上得到最高体现，他要求质询所有的习俗，看看它们是否经得起理性的考验。把苏格拉底处以极刑的也许是雅典的公民们，然而，他们自己也是礼法的劲敌。在修昔底德的史书里，斯巴达人把自己视为礼法的捍卫者，雅典人则对藐视习俗因而遭到仇视感到自豪。从普遍流传的有关背叛教义和抵挡不住异教诱惑的那些故事里，我们可以看到，礼法在犹太教经典反映出的传统中，屡屡面临危机；在这里，旧时的习俗所以能立于不败之地，与其说是单凭传统的权威，倒不如说是依靠了超自然的力量，这种力量使得这种法规以全新的、不容抗拒的面目出现。

东周的瓦解（从公元前七世纪到公元前三世纪秦国重新统一中国）引起了知识界的骚动，礼法遇到了更为严峻的考验。从墨子到韩非子，哲学家和社会思想家提出了新的价值体系，提倡行事要趋利避害。同希腊的情况不一样，在中国，没有出现过与礼法无关的、对人有驱策作用的道德戒令（尽管在希腊从未有过类似道家主张的那种推动人不顾道德的学说）。功利主义者可以按照世界当时的状况，把它纳入一种思辨体系，帮助秉权者获得更大的成功。但是，他们无法证实这样的世界是合理的。

我们无法知道在早期周朝的宫廷之外，对周代礼法的崇敬波及得有多远，然而，我们知道，那些崇敬周礼的人相信，它适用于世界的每一个角落。同以色列人的戒律和希腊人的礼法不同，周礼被认为是适用于整个人类的。这种颠扑不破的周代礼法固然很有英雄气概，但是，它面临的是一个没有希望将其付诸实施的世界。一些最为优秀的中国古代文学作品，就产生在墨守传统者们同现实功利世界的相撞之中。

下面这段言辞引自儒家经籍《左传》，它就是一个证明。这段言辞究竟是根据原始材料写入《左传》的，还是后人作了艺术加工，现在已经弄不清楚了，不过，尊崇习俗以及把先人事例作为行事准则的古风，显然可以感受得到。王子朝是周敬王的长子，由于晋国的诸侯扶立了一个同他敌对的王位觊觎者，被迫从中央朝廷出奔到南方的楚国。王子朝派遣使者向其他诸侯说了下面这番话，要求他们支持他，由他而不是他的兄弟来继承王位，时间是公元前515年。

王子朝一开始追溯了周朝封建制度的起源，他讲到这个制度允许王室同胞兄弟占有一部分领土，因此这些诸侯对捍卫周室承担有义务。接着，他列举了一系列"母弟"如何履行职责的事例。既然是作为亲戚向亲戚们呼救，既然要求助的是邃古同出一门的血缘关系，那么，闭口不谈五百年来各个诸侯家族独立演化的这段历史，自然是明智的。他讲到的那种履行宗族义务，征引的那些兄弟们尽其所能以捍卫王室的故事，委实掩盖不住历史上为争夺周朝王位而发生的血腥争斗。

> 昔武王克殷，成王靖四方，康王息民、并建母弟以蕃屏周。亦曰："吾无专享文武之功，且为后人之迷败倾覆而溺入于难，则振救之。"……至于厉王，王心戾虐，万民弗忍，居王于彘，诸侯释位以间王政。……至于幽王，天不吊周：王昏不若，用愆厥位。携王奸命，诸侯替之，而建王嗣，用迁郏鄏。则是兄弟之能用力于王室也。（《左传·昭公二十六年》）

这里讲到的所作所为是令人首肯的，隐藏在这些故事背后的是另一类故事：叛乱，篡位，诸侯恃强废黜君王，拥立傀儡。王子朝接着讲了定王六年时的一则谶言，说是三世之后，在王室胤嗣中将发生灾乱；他讲到灵王和景王是怎样克终其世的，而他自己却应验了那则谶言，应该由他继承的王位被剥夺了。

  今王室乱：单旗刘狄，剥乱天下。壹行不若，谓先王何常之有，唯余心所命。其谁敢讨之。帅群不吊之人，以行乱于王室。……傲很威仪，矫诬先王。晋为不道，是摄是赞，思肆其罔极。

  兹不榖震荡播越，窜在荆蛮，未有攸底。若我一二兄弟甥舅奖顺天法，无助狡猾，以从先王之命，毋速天罚，赦图不榖，则所愿也。（同上引）

酿成眼前不幸的肇祸者，他们的罪恶正在于践踏了周代的礼法：他们无视先王的、与世共存的权威，摈弃天命，"唯余心所命"，鼓吹新的、不要法度的社会。王子朝把这种自封为王的疯狂做法同古已有之的义务职责加以对比，好像只需把两者并列在一起，就可以使得诸侯们幡然醒悟，帮助他成就他的事业似的。王子朝接着针对晋国对王位的觊觎，引述了古代继承王位的原则，以证实晋国的行为是不合法的。他在结束他的话时带着帝王的庄严："我的伯仲叔季兄弟们，你们可以行动起来啦。"

  在情操、措辞和形式上，整篇言辞都充满古代的尊严，而这种尊严在公元前六世纪末的政治生活中是没有地位的。也可能它出自后人的手笔，但是，作为史料，它是可信的，盲信周礼的权威性，正是那些为晚周朝廷拘泥于礼数的风气培养出的人的精神状态。作者显然对历史、礼数和习俗抱有很大的希望。假如作者确实是王子朝或者他的陪臣,那么,他认为诉诸先人的事例、历来的习惯和道德的约束就能解决问题的想法,显然是很真诚的。没有许诺会有什么报酬,没有点明由此会得到的好处,没有施加威胁,没有花言巧语:他把说服力全部寄托在对周礼的信任上,相信它能够召唤起人们对君主的忠诚,去履行他们的义务。

《左传》附载的一条评语使得这番言辞更有吸引力:"闵马父闻子朝之辞,曰:'文辞以行礼也。子朝干景之命,远晋之大以专其志,无礼甚矣。文辞何为?'"(见前引)无须争辩王子朝的立场是对的还是错的,我们在这里可以看到,公元前六世纪末时旧世界同新世界之间的真正的冲突。正如王子朝的话所显示出的,这个旧世界并不真是极盛时期的周朝,它是留存在记忆里的周朝,是有人为之痛心哀叹的周朝——一个犹如家庭的、把希望寄托在习俗力量上的封建王国,在这个世界中,统治者根据礼和善来决定行动。闵马父则属于新世界:他用他的道德观来反驳王子朝的申诉,他的伦理立场把时代事实作为基础,话中颇有讽刺讥诮的味道——你王子朝睁眼不看晋国的实力,"远晋之大以专其志",像你这样空说一通有什么用呢?

这一段文章以盲目的信心,带着盲目的希望,把维护晚周王室作为己任,求助于已经不存在的道德准则。类似这种把周礼奉为圭臬的要求,或者是在同功利主义的抗争中败下阵来,或者是获得新的基础得以自存。我们在《论语》里发现了这样的基础。《论语》中道德观念在形态方面的转变是经常为人论及的,我们撇开它不谈,来看一看孔子怎样把旧的周礼搁置到更为坚固的基础上,这种方法极为微妙,或者可以说极为重要:从孔子起,周代的道德准则不再作为一种事实，而是作为一种可能性，不再作为某种可以抓到手的东西，而是作为某种值得追求的东西，出现在人们面前。

这是同已经作古的周代诸王朝的一种新的关系，这种关系在《论语》的许多章节里可以找到。让我们来看一看其中很有名的一段："子曰：'我非生而知之者；好古敏以求之者也。'"（《述而》）我们也许会怀疑，他要追求的是否就是他所说的他生下来并不知道的东西，然而，如果我们对孔子有足够的了解，就会知道，两者在某种程度上无疑是不可分割的。与生俱来的知识可以是同过去有关的知识，也可以是同现在有关的知识；它不过是成为贤哲的一个条件而已。但是，假如一个人生来并没有带来先天的知识，那么，他就不得不到拥有这样知识的人那里去寻找追求——到古代的贤哲那里。因此，寻求就成了向古代去寻求，寻求同古代有关的知识。在孔子看来，这种知识并不是无须费力就唾手可得；圣贤们的知识体现在周礼中，要觅得这种知识，既要通过自身反省，也要通过学习。同《生民》中大声宣称传统被继承得完美无缺，以及王子朝告诸侯书里绝望地固守周礼的态度相比，这是一个明显的对照。《论语》教导人们说，必须热爱传统，追求传统；要赋予传统以新的形式，使其内在化，让它得以沿传下去。类似王子朝那样的人，他们一味固守周礼，相信周礼依然具有力量，结果遭到晋顷公等人的耻笑，然而，说它应该具有力量，而且有可能在某一时刻重新发挥它的力量，这种说法就有力得多了，要想讥笑它也就不那么容易了。

把周礼从眼前实有的东西转化为遥远的渴慕对象，实际上也就是承认，传统是有可能中断或丢失的；《论语》还提到周代以前的两个古朝代——夏朝和商朝（殷商）："子曰：'夏礼吾能言之，杞不足征也。殷礼吾能言之，宋不足征也。文献不足故也。足，则吾能征之矣。'"（《八佾》）

出现《论语》对过去的这种见解，是文明史上一桩大事，我的探讨就是从这里开始的。过去成了一种看不见摸不着的东西，成了必须竭诚追求的渴慕对象；它经过改头换面才保存下来，失去了过去，使人感到悲哀。在中国，古代周朝的氏族礼法没有被哲学的探求和功利的考虑取代，也没有借助超自然的力量转化为法规；它作为一种历史的可能性而存在，人们抱着恢复它的希望，保存和研究记载它的断简残篇。然而，我们总是没有办法把它恢复得尽善尽美。当我们在举行丰收的庆典，歌颂典礼的完美无缺时，神化的祖先们一直站在我们身后望着。我们转过头去，祖先们消失不见了，于是，我们不知道该如何继续下去了。剩下的只是对以往如何完美地举行祭祀的不完整的回忆；我们拿得出的只有少量古时的记载。站在一旁的是庄子笔下的轮扁，他嘲笑我们，告诉我们后人所读的东西都只不过是古人的糟粕，真正重要的东西是无法传世的。站在另一旁的是秦始皇，他焚书坑儒，为源远流长的功利主义传统做了最后的拼死一搏。功利主义的传统清楚地意识到，对过去的留恋才是它真正的敌人；用争鸣的方法无法击败这种情感，最终它不得不诉诸暴力。然而，它失败了。

我们谈到往事，用意并不在把它用作幌子，应当仔细地把两者区分开来。最常见然而也是最乏味的做法，或许莫过于把过去当作今天的"借鉴"了。汉代的大史学家司马迁就精于此道：

"居今之世,志古之道,所以自镜也……观所以得尊宠及所以废辱,亦当世得失之林也。"(《史记·高祖功臣侯者年表》)如果这段话确实出自司马迁之手,那么,他还是与另一个司马迁不同,另一个司马迁向我们讲述了一些人的命运,而他自己也深深地为这些人的命运而感动。这一段话只不过是披着历史外衣的功利主义:所谓过去,仅仅是一堆例证而已,把它们搜集在一起,是为了让读者从中得到启示,弄清楚在今天怎么做才最有利。同儒家要恢复周礼的祈求相比,其间的差别大得不能再大了。《史记》的这段话是建议我们为了一定的目的,为了对自己有所帮助,任意把历史事实抽出来作为例证;儒家则坚持说,在同古代的人物和事件打交道时,我们自身一定会得到改善——古代的东西并不是可以任意摆布的工具,它们是价值的具体体现。

另一种错误地运用过去的方法同前一种有关,而且同样乏味,这就是把过去同现在进行比较和对照。描述唐代社会弊病的诗用汉代的事作陪衬,或是按照汉代的兵事来记载刻画唐代在中亚的战争,它们所涉及的,并不是真正的过去。如果你想要找,在所有同过去有关的书里都可以找到同现在有关联的东西,但是,这些东西就其程度而言,是参差不齐的,其中有的所谓过去,根本就不再作为过去而存在,它们只不过是现在用来掩盖自己的、依稀透明的幌子。

当我在这里说到过去时,我指的是"存在于过去",指的是某种已经结束和消失的、完整的东西,说它还存在——存在于典籍、碎片和记忆里——只是一种比喻的说法。即使是把古代场景描写得最为鲜明的咏史诗,也会留下一种令人感伤的距离,尽管我们的感官能够帮助我们捉摸出它的模样,但是,还是有某种我们接近不了的东西，就像站在浮士德面前的海伦。我们不应该仅仅为了眼前的利益而去研究和利用历史上有影响的事例；这样的事例要求我们承认它的历史存在，一旦我们承认了它的要求，它同我们分处两个截然不同的世界这一点，就有它的意义了。对唐代诗人来说，陶潜并不只是一个不关自己痛痒的、处世为人的模特；陶潜的生活除了使得这个模特成了为人效仿的榜样之外，他曾经是一个活生生的人这一事实，也是有意义的，诗人们经常感慨自己未能生活在陶潜的时代，没有机会认识他。正如我们永远不能完整无缺地了解过去一样，如果仅仅把过去应用于现在，我们就永远掌握不了完整的过去和有生命的过去。

要真正领悟过去，就不能不对文明的延续性有所反思，思考一下什么能够传递给后人，什么不能传递给后人，以及在传递过程中，什么是能够为人所知的。只有在世俗的传统里，人的行动才会具有永久的价值和意义（使得"自我"永垂不朽，这种"自我"的本性，先是道教后是佛教都揭示过，不过，它们赋予它以虚幻缥缈的外形）；就此而论，传递的问题是个不容轻视的问题。凡是遇上这个问题的人，都会感到惴惴不安、心绪不宁。

1 黍稷和石碑：回忆者与被回忆者

有这样一种关系，一种能动的关系，在其中，未臻完善是这种关系继续存在的必要条件。完善只是在理论上存在，如果能够实现，"摹仿"就不再是摹仿，而成了它所要摹仿的东西。同样，如果把要抹去的东西彻底抹掉，那么，我们也就不可能知道曾经有过抹掉这样的行为。既然我们知道有过抹拭的事发生，那么，我们也就知道，一定有某种东西曾经存在过；我们一定可以看到未能抹尽的痕迹：在自然界或是书页上的、被弄污弄糊的、残缺不全的痕迹。丧失的东西、不复存在的东西和被丢弃的东西，它们就像是拖把，在历史的书页上用力擦拭。因为我们渴望要"存在"——在有形的物体内，在著作里，在作品中——我们绝不可能无动于衷地把经过抹拭的地方简单地看作一片空白。

大自然不断地把我们从地球上抹去。人们以及他们的作品随着时间的流逝沉入地下，又被掩上黄土。大自然的万古常新同人类个体陨灭枯烂之间的对比，已是老生常谈，这是一个只能引起人人都有的情感的陈旧话题。然而，凡是老生常谈，其间总隐藏着某种人们共同关心的东西；我们所以轻蔑地把这种反应称为"老生常谈"，是因为我们憎恨人人都会对个人的毁灭作出同样的反应，抱有同样的情感。老生常谈也是一种抹拭，是普遍对个别的抹拭，我们对它报之以一种出于恐惧的蔑视，这种恐惧是一种预感，预感到还存在有另一种陨灭：人的身份名望的陨灭。

对老生常谈，特别是我们现在讲到的这个老生常谈，应当作进一步的挖掘，它涉及到某种失去的、过去曾是独特的东西，某种被无名的大自然埋没的东西。它不只是代表它自己，它代表的是所有的老生常谈——有个性的东西变得越来越不清楚，最后消失在无数反复出现的、无名无姓的东西之中。

从土台上或许还看得出宫殿废墟的大体模样，在布满龟纹的石块上或许还勉强能辨认出上面的碑文。时间湮没了许多东西，磨蚀掉细节，改变了事物的面貌。除了那些知道该如何去找寻它们的人之外，对其他人来说，"以前的东西"变得看不见了。正是那种按照某种一定方式来看待世界的意向，承担着我们同过去的联系的全部分量。

这里有一幅赫伯特·W. 格里森（Herbert W. Gleason, 1855—1937 年）拍的照片，题目是"五月花，朴利茅斯；1903 年"——拍的是盛开在岩石间的花朵。英国清教徒 1620 年首次去美洲时所乘的"五月花号船"就是以这些花朵命名的，这些花名又凭借这艘船名而闻名于世，这样一来，人的带有作者特点的作品要消失在延续不变的大自然中的说法，倒要受到挑战了。不过，真正给人留下深刻印象的是这幅照片的日期。今天的五月花同 1903 年的五月花根本没有什么不同，假如我能在朴利茅斯找到他拍照的具体地点，在一年的同样季节和一天的同样时间里，我也能拍出一张即使不是一模一样，至少也很难把它同格里森的那张区别开来的照片。假如这幅照片当时只署题为"五月花"，假如它只是一本旧植物学课本中的一幅插图，那么，我会无动于衷。然而，由于署上了

"1903年"，这幅照片就有了它特殊的美和特殊的价值；我在它里面就能找到旧时的照片常常给人带来的那种独特色调和使人感伤的雅趣。而那幅没有标明时间的照片，则难以产生情趣，它只会让我明白，即使我想要回忆，对它我也几乎谈不上有什么可以回忆的。

每一个时代都念念不忘在它以前的、已经成为过去的时代，纵然是后起的时代，也渴望它的后代能记住它，给它以公正的评价，这是文化史上一种常见的现象。如果后起的时代同时又牵涉在对更早时代的回忆中——面向遗物故迹，两者同条共贯，那么，就会出现有趣的叠影。正在对来自过去的典籍和遗物进行反思的、后起时代的回忆者，会在其中发现自己的影子，发现过去的某些人也正在对更远的过去作反思。这里有一条回忆的链索，把此时的过去同彼时的、更遥远的过去连接在一起，有时链条也向臆想的将来伸展，那时将有回忆者记起我们此时正在回忆过去。当我们发现和纪念生活在过去的回忆者时，不难得出这样的结论：通过回忆我们自己也成了回忆的对象，成了值得为后人记起的对象。

回忆的这种衔接构成了一部贯穿古今的文明史。孔子要我们"述而不作"（《论语·述而》），要"作"的是生活在远古的圣人，他们是文明的创始人。"述"则是后来的最出色的人，也就是贤人的任务。在声称他只述而不作时，孔子也在无声地教导我们要以他为榜样，而在这个教导中又潜藏着另一重真理：如果孔夫子只作而不述，后来时代的人就会追随这种榜样，大家都会去"作"，而不屑于回忆和传递已经做过的事（而且佯装不记得他们所要记起和效仿的、有影响的"作"的榜样)。通过把"作"和"述"的概念对立起来,孔子提醒我们,已经做成的事仍然是脆弱的,如果不是经常主动关心它,它还是会被抹掉的。只有得到不断传递下去的许诺,人类的行为才有希望超越有限的现在而继续生存。

传递("述")并不只是勉强履行的一种职责:在文明的建构中它具有举足轻重的作用,由于任何传递都不能达到尽善尽美的境地,人们因此而辗转不安,因此而迸发出激情。孟郊(751—814年)在他的《秋怀》诗的第14首中,诉出了这种郁结难排的焦虑:

> 黄河倒上天,
> 众水有却来。
> 人心不及水:
> 一直去不回;
> 一直亦有巧,
> 不肯至蓬莱;
> 一直不知疲,
> 唯闻至省台。
> 忍古不失古:
> 失古志易摧;
> 失古剑亦折;
> 失古琴亦哀。
> 夫子失古泪,
> 当时泪灌灌。

追忆

> 诗老失古心，
> 至今寒皑皑。
> 古骨失浊肉，
> 古衣如藓苔。
> 劝君勉忍古：
> 忍古销尘埃。

这是人性呈现出的一幅奇异的、骚动不安的、难以连贯的景象：同直线发展的人性（"一直去不回"）形成对照的，是大自然的圆形循环；这种直线的发展，既包括有人性善恶的一面，也包括有人性生死的一面。然而，在这首诗里还潜藏着鲜为人知的、人与人之间的延续性，人与人的呈环状的重复。孟郊重复了孔夫子，他拒绝到蓬莱岛去寻求长生不老，认为人的最终价值不在"省台"之中，他执守着古代，把它传递给后人，而这个古代经常面临失落不可复得的危险。诗人的声音显得如此激动不安，说明这样的威胁是确实存在的：如果不能传递下去（"失古"），在文明的进程中引导人们实现一定目的的意志（"志"），就会崩溃，除了眼前一时的快乐，任何事都不再有什么意义。

当我们来看一看孟郊所回忆的过去，具体究竟是指哪一时刻时，我们就会发现，他想到的是孔夫子，想到他为了古代一去不复返而涕泗横流。回忆者被人回忆，他的回忆的行为比他所回忆的对象更为生动鲜明。对孔夫子的"述而不作"，我们也可以作如是观：我们回忆起并且使其闻名于世的，是《论语》中关于回忆的这句话。这是自己对自己的嘲弄：传递自身变成了传递的对象；借以生存的形式变成了生存物的内容。在这里，我们发现了关于文明史性质的一个藏而不露的真理,这就是,文明所以能永远延续发展下去,最重要的是因为它的结构来自它自身。

从记载中国文明的早期典籍中我们可以看到,人们广泛普遍地关心保存古代有价值的东西。人们认为,类似《诗经》这样的古籍,具体体现了由更古的古代传下来的伦理价值。这些并不特指某一具体历史情事的诗歌,通常与某一普通的道德观念有关,例如用美玉来泛指好人。不过,到了西汉,人们越来越把这些较为一般的道德方面的涵义同具体的历史事例联系在一起。同这一时期的时代兴趣相适应,《毛诗》差不多为《诗经》的每一首诗在古代周朝伦理史的某一特殊时刻里,找到了它的位置。

古书屡经散佚,又经过秦始皇的焚书,幸存下来的《诗经》成了名副其实的"遗物"。每当研读得法时,它们似乎就迫使汉代的注释家们把目光投向失去的周朝社会。《诗经》自身构成了一部独特的伦理史,它同由第三者叙述的《史记》不同。《诗经》记载的是远古时代的人在当时的直接反应,它保留了古人的内在生活,犹如青铜器或史官的编年记载保留了他们的外在生活。阅读《诗经》和《毛传》,本身就是在同"遗迹"打交道。

每一个时代都向过去探求,在其中寻觅发现它自己。既然汉代的注释家竭力把这些诗歌同特定的历史场合联系在一起,而且其中不乏牵强附会之处,那么,他们起码在某一首诗里找到了自己的影子,就不令人奇怪了。他们觉得听到了某个受"遗迹"的感召而激动起来的人在倾诉情怀,特别是他们自己,也因为诗人的激动而激动起来。虽然给《毛诗》作传的人没有把他们的传文命名为"怀古",而第一篇"怀古"事实上正是他们创作的,一种写于目睹古代遗址时的诗(同享这种创作权的还应该算上商朝的王子箕子,他经过殷都废墟的故事和所诵的诗记载在《史记》里)。后世诗人所写的"怀古"诗,其中许多因素已经出现在《毛诗》的传文里:诗人邂逅相遇的遗址,人类的失落与大自然的周而复始之间的对比在诗人胸中引起的不安和激情,失落造成的空白所留下的轮廓,它们吸引了诗人的注意力,使他流连忘返。《毛诗·序》解释《黍离》一诗道:

> "黍离",闵宗周也。周大夫行役,至于宗周,过故庙宫室,尽为禾黍。闵周室之颠覆,彷徨不忍去。而作是诗也。

让我们来看一看这首诗是怎么写的:

> 彼黍离离,
> 彼稷之苗。
> 行迈靡靡,
> 中心摇摇。
> 知我者谓我心忧;
> 不知我者问我何求。
> 悠悠苍天,
> 此何人哉?
>
> 彼黍离离,
> 彼稷之穗。
> 行迈靡靡,

1 黍稷和石碑：回忆者与被回忆者

中心如醉。
知我者谓我心忧，
不知我者谓我何求。
悠悠苍天，
此何人哉？

彼黍离离，
彼稷之实。
行迈靡靡，
中心如噎。
知我者谓我心忧；
不知我者谓我何求。
悠悠苍天，
此何人哉？

《毛诗传》的作者在这首诗里看出"怀古"来，也许是有理由的，诗的本身几乎没有交代与它有关的事件和人物。理由之一，也许是相传箕子在经过殷都废墟时所写的那首极为相同的诗歌。另一个原因在于箕子的诗里所没有的那几句诗文，即"知我者"，它们是用古代儒家的教条"知人"来诘难读者。这首诗在独具慧眼的观察者/读者同懵然无知的观察者/读者之间划出了一条界限，后者不能理解为什么游客要在此地徘徊不忍离去。游客在这里看到的，与其说是一片青葱的黍子，不如说是湮灭的古周都的废墟和它衰落的历史；同样，我们这些后来的读这首诗的人，也应当深入到这首诗的内部，不仅要看它表面的东西，而且要看它内在的东西——不是一个人走过一片黍地这种外在现象，而是它所说的"中心"，是面对遗迹而产生的、对往事的忧思，这种往事埋藏在表面的、给人以假象的黍子之下。这是一种透过给人以幻象的表面而深入到隐藏在它下面的复杂事象的能力，不但欣赏怀古诗需要这种能力，欣赏所有的古诗都需要这种能力。

由于作者反复把知与不知相对照，反复强调"知人"者与不知人者的区别，我们就不能不注意到每一节诗的最后一行："此何人哉？"《毛诗传》的作者以及为《毛诗》作注释的郑玄，都认为这个"何人"指的是对商朝的倾覆负有责任的人，诗的作者希望我们能理解他，他承认不知道是谁，也不知道是什么样的人酿成了周都的毁灭，或者，更准确地说，不知道那人心里（"中心"）想到些什么。认识的链条中断了，疑问、无知和想要知道隐藏在黍田之下的道德的和历史的真理的欲望，成了它最末端的一环。我们读完了这首诗，记得的只是某一个记忆的行为而不是它所记起的内容，这个记忆的行为最终不能肯定它是否能够可靠地记起它所要记的东西，在它面前出现了一片抹净了的空白，已经找不到起源或者说"本"了。

黍子依照自然的循环在变化生长，从发芽长苗到抽穗结实，那个人在彷徨徘徊，他的心理状态的变化几乎可以说是痛苦的——摇荡不安、忧郁似醉、压抑如噎。这三节诗里出现的变化，只有谷物生长中的从苗到穗再到实的三个阶段，和心理变化中从摇到醉再到噎的三种状态：前者依循自然进程；后者则没有目的和方向。他沉溺在反复申诉里，很难说真的注意到了黍田的变化，相反，他关心的是眼前景象的不变化的"本"，是隐藏在表面谷物下的"本"。

1 黍稷和石碑：回忆者与被回忆者

回忆的链条最终把我们引向不可靠的东西，无名无姓的东西，以及某些失落的东西留下的空白。我们要问："这是谁干的？"孔子这个伟大的回忆者，对我们来说，他比他所回忆起的那些圣人要生动鲜明得多：在告诉我们他"述而不作"后，他又告诉我们，他"信而好古，窃比于我老彭"（《论语·述而》）。我们很难弄清楚"老彭"究竟是谁，而且我们也很少关心这个问题；对我们来说，这位回忆者比那位被回忆者更伟大。

回忆总是同名字、环境、细节和地点有关。我们宁可离回忆链条末端稍微远一点，离朦胧不清、难以确信的东西稍微远一点。相比起来，回忆无名无姓已经作古的人，显然不如回忆某个具体的人来得生动，这个具体的人是一个中介环节，他自己由于回忆起某个到今天已经无名无姓的古人而受到感动。要是我们知道该在哪个具体的地方来回忆这个具体的人，那就更好了。

有一些场景可以使得回忆的行为以及对前人回忆行为的回忆凝聚下来，让后世的人借此来回忆我们。在这类场景中，最引人注目的大概要数岘山上的"堕泪碑"了，这块碑是襄阳的老百姓在公元三世纪中叶为父母官羊祜立的。《晋书·羊祜传》告诉我们：

> 祜乐山水。每风景，必造岘山，置酒言咏，终日不倦。尝慨然叹息，顾谓从事中郎邹湛等曰："自有宇宙，便有此山。由来贤达胜士，登此远望，如我与卿者多矣。皆湮灭无闻，使人悲伤。如百岁后有知，魂魄犹应登此也。"湛曰："公德冠四海；道嗣前哲。令闻令望，必与此山俱传。至若湛辈，乃当如公言耳。"……（羊祜去世后）襄阳百姓于岘

追　忆

> 山祜平生游憩之所建碑立庙，岁时飨祭焉。望其碑者莫不流涕，杜预因名为"堕泪碑"。

这块地方不仅仅是积聚回忆的场所；它变得同羊祜本人在公元三世纪中叶回忆前人的行动分不开了。从表面上看，人们回忆羊祜是由于他的德政，但是，同这块纪念碑联系在一起的，还有这块特定的地方和它作为"堕泪碑"的名声，它们把它同发生上述那件逸事的特定场合连到一块儿。羊祜为了无名的先人而感慨，后人则为了羊祜这个名字而流泪，在这个名字里，人们回忆起羊祜的德政和他的那次著名的回忆先人的行动。如果我们想要为了某个具体的、而不是无名的先人挥泪感慨，那么，就必须有这么一块刻有碑文的石碑，一块起中介作用的、给这个名字和山上这处具体地点染上特殊色彩的断片。

羊祜所以没有被人们忘掉，不光是因为他为了让别人记住他而做了某些事；不朽的声名是其他人出于各自的原因而赠与他的。最初纪念他的是襄阳的百姓，因为他担任地方官时与民为善，深得人心，不过，最终来自中国四面八方的访问者来到这座碑前流泪，则是回忆起了他对无名先人的回忆。他具体体现了回忆前人者将为后人所回忆这样一份合同，这样的合同给后世的人带来了希望，使他们相信他们有可能同羊祜一样，被他们身后的人记住。如果得不到这份合同的担保，你就同无名的先人们一样，不但人死了，名声也消失得无影无踪，没有人知道你曾经存在过。

从表面看，羊祜留在后人的记忆里，靠的是"三不朽"中的"立德"；是别人把碑文刻在石碑上。而后人通过回忆羊祜，只需

"立言",就能把自己的名字刻到回忆的链条上。在回忆羊祜方面,孟浩然可以称得上是位了不起的回忆者,他的《与诸子登岘山》写道:

> 人事有代谢,
> 往来成古今。
> 江山留胜迹,
> 我辈复登临。
> 水落鱼梁浅,
> 天寒梦泽深。
> 羊公碑尚在:
> 读罢泪沾襟。

"代谢"就是某一事物取代另一正在枯谢的事物。这种循环代谢的过程正是谷物生长的过程、季节更替的过程、羊祜所感慨的先人更迭登场又相继湮灭的过程,甚至也包括国都化为黍地的沧海桑田的朝代更替过程。在与人有关的事物中,留存下来的只有"名",或许还有"铭"——至少目前仍然存在("尚在")。

孟浩然的诗使我们恍然如置身于一场追溯既往的典礼中:所有在我们之前读到"堕泪碑"的人都哭过了,现在,轮到我们来读,轮到我们来哭了。行礼如仪,每一种典礼仪式,都是一种固定的行事方式,按照《周礼》所说的,这种固定的行事方式,是源自人类共有情感的合乎自然的规范方式。一定的典礼仪式总是与一定的特殊场合有关——婚嫁、伤丧、迎新除旧——而且,在举行典礼的过程中,参预其事的人只是适应这种场合的一个角色，按照这种场合的要求而承担某种功能，他在其中不是一个有个性的人。在举行典礼的过程中，所有东西的个性都被湮没了，在那种适应这样特殊场合的、人类集体的、合乎规范的反应里，任何有个性的东西都变得暗淡无色。正因为有个性的东西消失不见了，同样的事情才有可能反复进行；正因为有可能反复进行，典礼仪式才有可能存在。

孟浩然这首诗的题名叫做《与诸子登岘山》，他在这里所代表的确实不仅是他自己，他说的是"我们"的事，而不是"我"的事。不过，这首诗在很大程度上系念于人的声名，系念于同个人有关的东西，系念于它们是否尚存。在仪式的诸环节中，羊祜的名字是关键的一环：昔日羊祜结伴来到这个地方，为被人遗忘的先人而感慨，今天，我们像他身后所有其他来过这个地方的人一样，如同羊祜当年那样，结伴来到这里，为他而掩泣。"人事有代谢"；我们为一个人的名字所引导而开始我们追溯既往的典礼，这个名字为一则铭文所记载，它不会被人遗忘。这个名字是联结无名无姓的过去和有名有姓的未来的纽带：我们记住了记忆者。

山上和山下四周的风景都使人联想到一些名字，给人带来若干具体的回忆："鱼梁"使人想起汉末居住在岘山之南的隐士庞德公，"梦泽"让我们想到诗人屈原——放observing望去，触目都是胜迹。由于这些往事在我们记忆中留下的痕迹，我们欣赏风物景致时就有了成见，处处要以眼中已有的框子来取景；我们站在岘山，举目四顾，展现在我们眼前的不可能再是抱朴守真的自然景色，历史已经在它身上打下了烙印。在人们的相互往来中，有人已经使得他们自己的某些东西同永恒的自然联结在一起，留下了孟浩然诗中所说的这种"胜迹"。

诗人的目光掠过鱼梁梦泽，在回忆中激起阵阵火花，不过，只有当他的目光从四处环视中收回来、转向石碑时，我们才遇到这首诗所提到的惟一的一个人名：羊祜。羊祜也同我们一样放眼四望，也看了鱼梁梦泽；在前六句诗里，我们做他做过的事，感受他感受过的情感。此时与彼时的区别在于这座石碑，在于刻在上面的名字和隐藏在它背后的、《晋书》告诉我们的那段逸事。区别在于：羊祜登高、眺望，然后流泪；我们阅读、登高、眺望、读碑文，然后流泪。这里，是"名"和"铭"把我们的经验连成一体。直到"读罢"，我们才流下眼泪。我们站在山上，大声读着在我们之前许多人读过的关于羊祜的事迹，脚下正是以前许多人站过的地方。正是在这种朗读的过程中，伴随着这种自发的、重复了多次的、大家共同的仪式性的举动，出现了有个性特征的名字，以及这个名字所代表的那个有自己身份和特征的人。

在朗读碑文时，人们回忆起了回忆者。孟浩然告诉我们，他是怎样回忆起回忆者的，而他自己又把自己回忆的行为铭刻在他的诗里，对我们读诗者来说，他又成了回忆者。这首诗是孟浩然最著名的诗之一，是使后人回忆起他的诗之一。在他以后的唐代诗人，当他们游览岘山时，所回忆起的就不会只是羊祜了，他们会常常忍不住想同孟浩然唱和，或是因袭他的做法。

孟浩然想要在这片风景中占有一席之地，让他的身影重叠在羊祜的身影之上。但是，对后来的人来讲，这片风景所承担的名字太多了；在它之中挤满了多得举不胜举的来访者，其中不乏高风亮节的士子、情溢言表的墨客，有人如愿以偿，留下了自己的痕迹；有人写上又被涂掉，一无所得。已经没有后来人的插足之地，可以让他们写上自己的名字。大自然变成了百衲衣，联缀在一起的每一块碎片，都是古人为了让后人回忆自己而划去的地盘。

人们热衷于把最初的杰出的回忆者们的名字铭刻下来，既刻在石碑或者其他纪念物上，也刻在自然风景上，当然，后者只是一种比喻的说法。自然场景同典籍书本一样，对于回忆来说是必不可少的：时间是不会倒流的，只有依靠它们，才有可能重温故事、重游旧地、重睹故人。场景和典籍是回忆得以藏身和施展身手的地方，它们是有一定疆界的空间，人的历史充仞其间，人性在其中错综交织，构成一个复杂的混合体，人的阅历由此而得到集中体现。它们是看得见的表面，是青葱的黍田，在它们下面，我们找得到盘错纠缠的根节。然而，在地面上它们是主人，它们排挤那些后生的、不如它们强壮的、想要插足于此地的生长物。

记住了这一点，我们又重游了岘山，这次是同欧阳修一起，给我们提供机会的，是他那篇明畅婉曲的散文《岘山亭记》，时间是十一世纪：

> 岘山临汉上，望之隐然，盖诸山之小者。而其名特著于荆门者，岂非以其人哉。其人谓谁？羊祜叔子、杜预元凯是已。

把原来内在的含蓄不露的东西上升到用明白显露的问题来提问的水平，以求得到反思和深究，这是宋代作家的一个特点。欧阳修谈到岘山并不只是因为这是一座名山，许多游客一定会因为岘山并不是一座大山而感到惊讶："这就是有名的岘山？这么小

1 黍稷和石碑：回忆者与被回忆者

的一座山？"欧阳修也没有圆滑地对这一事实保持沉默。他立刻注意到它的名声同它的大小不相称，一座山本来是可能因为它的小而不名一文的。岘山所以有名，不是因为岩石和泥土，而是因为人（"以其人"）。表示从属关系的代词"其"在这里用得恰到好处：在某一方面，这些名留青史的人属于这座山，正如这座山的名气和它如今的身份，靠的就是他们的名字和名声一样。这些人同这座山合为一体，再也不能分开：这座山成了一处"场景"，它自己就是一座石碑，上面永不泯灭地刻着羊祜和杜预的名字。然而，它的"本"在哪里呢？事情是怎样发生的？

> 方晋与吴以兵争，常倚荆州以为重。而二子相继于此，遂以平吴而成晋业，其功烈已盖于当世矣。至于风流余韵，蔼然被于江汉之间者，至今人犹思之。而于思叔子也尤深。

这位宋代散文家在寻找事情的根源，对集中在此处场景中的历史进行反思；在回忆起羊祜时，仅仅流泪是不够的；这位宋代作家非要问一问，人们为什么会回忆起他们来，事情的来龙去脉究竟是怎么样的。他们两人在晋朝统一中国时立下的汗马功劳是起了作用的，但欧阳修马上就意识到，这样的答案并不能完全说明问题。为晋王朝尽忠的有很多达官显宦，而且，在同岘山有关的这两位名人中，杜预的功劳更大，可是，在我们的回忆里，羊祜占的分量更重。而且，直接导致记忆力活跃起来的不是他们的功劳，而是某种同他们的"风流"有关的东西。这里需要有类似司马迁这样的古代纪传体史家的笔法，需要把两个人相类似的可取之处加以比较，把他们的相同之处以及不同之处加以比较。在这后起的、人才辈出的宋代,观察一下前人是怎么会名垂不朽的,是颇能引起人兴趣的。

> 盖元凯以其功,而叔子以其仁。二子所为虽不同,然皆足以垂于不朽。余颇疑其反自汲汲于后世之名者,何哉?传言叔子尝登兹山,慨然语其属,以谓此山常在,而前世之士皆已湮灭于无闻。因自顾而悲伤。然独不知兹山待己而名著也。元凯铭功于二石:一置兹山之上,一投汉水之渊。是知陵谷有变,而不知石有时而磨灭也。岂皆自喜其名之甚,而过为无穷之虑欤?将自待者厚而所思者远欤?

对"名"的兴趣在整篇文章里不时地冒出来——山的名气和人的名声,声誉从何而来,谁的名声更大,现在,在承认他们已经名垂不朽之后,又有分寸地讽刺了他们汲汲于后世之名的心理和做法。然而,恰恰是欧阳修用来讽刺他们的这两则逸事,使得这两个人的名字永远同岘山连在一起了。

欧阳修以其畅达中求委婉的文风闻名于世,在这段文章里我们可以体会出他的这种风格。在承认两个人之中人们对羊祜的回忆更深切一些之后,欧阳修对两人所以会为后人回忆的不同品德做了辨析;他无须再说出他的结论,无须再告诉我们,羊祜的"仁",他的好善乐施和同情心,在引起我们这些回忆他们的后世人的同情心上,比杜预的功劳更有力量。他从两人的比较上悄然转开,转而指出两个人事实上都已名垂不朽,仿佛只要能名垂不朽,后人是因其功还是因其仁而回忆起他们,以及回忆的深浅程度,就无足轻重了。就从这里开始,他批评起两人汲汲于后世之名来。

杜预遭到的批评较为严厉，因为他复制了一块石碑投进河里，这样，无数年之后，河谷变为山梁，他的石碑依然能出现在山顶上。在谈及这些石碑以及把两人进行比较时，更为有名的"堕泪碑"虽然没有提到，但还是出现在字里行间，这座碑不是由羊祜自己，而是由其他人因为记起他的仁政而立的。

你不能不感到欧阳修误解了有关羊祜的那则逸闻，他的批评并不公正。羊祜为被遗忘的先人，也为他自己和他的朋友们同样会被人遗忘的前景而叹息感慨；他不是在谋求他自己的名垂千古，而是在为人的生存的有限性和他们的湮没而感到悲哀。羊祜因其"仁"而回忆起了别人，也因其仁而为别人所回忆。有关杜预的逸事则是一个相反的例子：他所以为后人所回忆，不是由于他的丰功伟绩，而是由于他期望为世人永远记住的过分要求。具有讽刺意味的是，正是因为有了他渴望被后人记住而干下的荒唐事，后人才记住了他。

那么，为什么欧阳修把两人搁在一起，同时加以讥讽呢？也许是他忽然认识到，这两则使人记起他们的逸事，都同被回忆这个问题有关。要解答这个关键问题，羊祜的仁和杜预的功都不能切中肯綮。如果仅仅因为这两则逸事，他们俩的名字在这座山的场景中就占去了这么大的地盘，那么，其中一定有名不副实的地方，一定有尚未被人察觉的虚悬之处。欧阳修也想为名垂不朽争得一席之地，但是感到无处插足；他所以要写这篇《岘山亭记》，目的就在于要把羊祜、杜预占据的偌大的地盘挤小一点，让出空来，使得后来人之一、他的朋友史中辉也能把他的名字铭刻进山里。

> 山故有亭。世传以为叔子之所游止也。故其屡废而复兴者，由后世慕其名而思其人者多也。熙宁元年，余友人史君中辉以光禄卿来守襄阳。明年，因亭之旧，广而新之，既周以回廊之壮，又大其后轩，使与亭相称。
>
> 君知名当世，所至有声。襄人安其政而乐从其游也。因以君之官，名其后轩为光禄堂。又欲纪其事于石，以与叔子、元凯之名并传于久远。君皆不能止也，乃来以记属于余。

这里有回忆，有往事重提，有故人重视——总是有人想起羊祜（和杜预）；总是有人一再提到这座修筑于羊祜歇止之处的亭子；史中辉的德政和野游，没有留下名字的百姓乐从其游，这些都重复了羊祜的故事。这几乎可以说是《论语·为政》所提出的"温故而知新"这个原理的图解。人们往往在重游昔日胜地时采用类似这种"记"的形式，这种散文体裁符合《论语》所说的"温故"，在这种形式中，人们把现状同过去联系起来，记下了景物的新的面貌，这又符合《论语》所说的"知新"。在过去同现在这两个部分之间有着千丝万缕的联系，它们往往微妙而不易把握，在欧阳修这位散文大师的手里，这一点表露得再明白不过了。

欧阳修说，羊祜太挂念他的名了。然而，他所以能名扬海内，无论是当时还是现在，最终都是由于他的仁，他对别人的关心，因而最终依赖于别人对他的看法。这种回忆的核心是目光朝外：他站在这个地方鸟瞰四周，想到的是在他以前站在同一地方向外环视的别的人；我们也一样，我们站在这里向四处望去，重复他的行动，重新体验他体验到的感受，想到他是我们中间的一分子。杜预的情况则不同，他自己为自己刻制了石碑；他认为将来的人在未来登上岘山时，会目光朝内而不是朝外，他们将欣赏山的本身，将从碑文里读到他的名字。他所以会被后人记住，是因为他做了一件越轨的蠢事；他不懂得记忆怎样才能在复现和不断更新中绵延下去。他的"名"也保存下来了，但是远不能像羊祜的名字那样，给后来的游客带来深切的感受。欧阳修是个写了不少碑碣颂铭的人，他自己就常常对这些碑文铭赞能否长久保存下去表示怀疑。

史中辉在修复岘山亭时又扩建了些什么？回廊和后轩，这是供他和他的朋友们伫立向外凝视的处所，有了它们，后人就有可能站到他曾站过的地方。他知名于当世；别人希望用他的名字来命名后轩，并且把他的声名事迹刻入石碑，使他的名字同羊祜和杜预的名字一样传于久远，垂于不朽。欧阳修含蓄地警告他不要过分汲汲于名垂不朽，不过又使他感到他有可能得到羊祜那样的名声，因为他所做的全是羊祜做过的——同样是在别人的伴随下登临到同样的地点，向外观望四周风景，由此而想到站在此地或是以前可能在此地站过的人们，他也施行仁政，因而别人为他树碑以志纪念，在铭文中刻上他的"名字"。欧阳修在总结此事时对史中辉做了隐而不露的赞扬：

> 余谓君知慕叔子之风而袭其遗迹，则其为人与其志之所存者可知矣。襄人爱君而安乐之如此，则君之为政于襄者又可知矣。此襄人之所欲书也。

没有再提起杜预的名字，欧阳修只是把他当作反面的例子，用来警告史中辉和我们不要过分汲汲于名垂不朽。羊祜的不足恐怕也就在这一点上，史中辉则体现重复了羊祜的好的方面：史中辉的铭文——或许最终还有世代相传的"名"——来自别人对他的爱戴："此襄人之所欲书也。"

文章的结尾蔚为奇观，写得相当漂亮，他的写法与通常"记"的写法不一样：他给将来的读者留下发现新鲜东西的乐趣和想象的自由。他没有把要说的话都说尽，而是让有修养的观赏者面对风景去自己体会。他没有用过多的史事来加重将来读者的负担，他奉献给他们的是后轩而不是石碑：

> 若其左右山川之胜势，与夫草木云烟之杳霭，出没于空旷有无之间，而可以备诗人之登高写离骚之极目者，宜其览者自得之。至于亭屡废兴，或自有记，或不必究其详者，皆不复道。熙宁三年十月二十有二日，六一居士欧阳修记。

我观望着风景，云烟氤氲，景色在不断变化；当你登上山巅来到这里时，你也会看见同样的景物。我能够把它详尽地描述给你听，可是我不想这么做。当你登临到此地时，你可以写你自己的《离骚》，在这首古老的诗歌的无数翻版中再增添一种。我不打算让你知道你所见到的和感受到的东西已不是什么新东西。成百成千的人登高来到此地，鸟瞰四周风景，写下他们的诗歌，为岘山亭的废兴而悲哀欢庆——我不打算告诉你他们的姓名以及事情发生的场合和日期：挤满先人的地方没有后人插足的余地。只有为数不多的人会被后人记住。

祜乐山水。每风景，必造岘山，置酒言咏，终日不倦。尝慨然叹息，顾谓从事中郎邹湛等曰："自有宇宙，便有此山。由来贤达胜士，登此远望，如我与卿者多矣。皆湮灭无闻，使人悲伤。"

2　骨骸

　　庄子之楚，见空髑髅，髐然有形。撽以马捶，因而问之曰："夫子贪生失理而为此乎？将子有亡国之事、斧钺之诛而为此乎？将子有不善之行，愧遗父母妻子之丑而为此乎？将子有冻馁之患而为此乎？将子之春秋故及此乎？"于是语卒，援髑髅，枕而卧。夜半，髑髅见梦曰："子之谈者似辨士。诸子所言，皆生人之累也。死则无此矣。子欲闻死之说乎？"

　　庄子曰："然。"

　　髑髅曰："死，无君于上，无臣于下。亦无四时之事。从然以天地为春秋，虽南面王乐，不能过也。"

　　庄子不信，曰："吾使司命复生子形，为子骨肉肌肤，反子父母妻子闾里知识，子欲之乎？"

　　髑髅深矉蹙頞曰："吾安能弃南面王乐而复为人间之劳乎？"（《庄子·至乐》）

　　这个"深矉蹙頞"的髑髅其实既没有眉毛，也没有皱得起来的肌肤，它所表现出的对人世生活的厌恶，也不是它所能体验得到的，它们是庄子（或者他的门徒）的幽默笔法，这种笔法提醒我们，他所要说的东西是语言难以表达得出的，即使是在寓言的世界里，还是有距离的。庄子明明知道"南面王乐"并无欢乐可言，然而还是用它来比喻人世间的最大快乐，以劝说我们以及那个对阴曹冥府的自由一无所知的庄子。一旦我们怀疑这种比喻，怀疑一具僵骨是否能够侃侃而谈时，我们就认识到，人死了就不会再想要通过运用这种自由来谋得快乐，不会再有心思为我们这些可能误解死亡的人来排惑解疑。于是，寓言在读者的理解中表达出了它想要表达的东西，我们甚至可以说，提供寓言的人也借此说清楚了要说的话。

我们想要死去的人同我们在一起，想方设法使他们能够对我们说话，即使就像在这则寓言中那样，仅仅为了告诉我们：他们生活在一个我们看不见、摸不着的世界里，对我们这些活着的人，他们无话可说。一个由石碑和墓志铭构成的文明，一个离不开葬礼的文化，祭飨着死去的人，千方百计让他们留在我们身旁，费尽心机保持同他们的联系。庄子的寓言所要表达的东西——不是由髑髅说出的东西，而是通过寓言的自我解析读者所理解到的东西——代表了一种为这样的文明所不容的威胁。

这种威胁的核心所在是人的骨骸，某种来自过去的、不明身份的残存物。没有附带任何纪念标志的骨骸代表了一种失落：身份的失落、时代的失落和家族的失落，家族的目的就在于要保持回忆。骨骸是不分时代的，它们无名无姓，没有亲系。在同髑髅交谈时，庄子想要把它同亲眷拉扯到一起，找出它同他人的关系。他怀疑髑髅是不是因为害怕给亲属带来羞辱才命归黄泉的，最终他又用回到父母妻子身边来引诱髑髅。髑髅回答他说，回到人世间他将失去南面而王的地位。无论南面而王是否真有自由，皇帝终归是"寡人",要得到这个位置,首先他的父亲就必须死掉,除此之外,身居此位的人常常免不了要曲折地表现出自己的孤独感来。

死去的人逃离我们而远去了:我们敲打着髑髅的大门,它们不回答我们,甚至不屑于说一声别去打扰它们。要想战胜庄子的寓言中所包含的实情,惟有为这些骨骸找到它们的亲族;我们不得不把无名的死者同我们自己联系起来,不管它们是不是情愿。在后世那一小批套用庄子这则寓言而写的作品里,我们可以清楚地看到这种压抑不住的欲望。其中最有名的要算张衡(78—139年)的《髑髅赋》了:

> 张平子将游目于九野,观化乎八方,星回日运,凤举龙骧。南游赤岸,北陟幽乡。西经昧谷,东极浮桑。于是季秋之辰,微风起凉。聊回轩驾,左翔右昂。步马于畴阜,逍遥乎陵冈。顾见髑髅,委于路旁。下居淤壤,上负玄霜。
>
> 平子怅然而问之曰:"子将并粮推命,以夭逝乎?本丧此土,流迁来乎?为是上智,为是下愚?为是女子,为是丈夫?"
>
> 于是肃然有灵,但闻神响,不见其形。答曰:"吾宋人也,姓庄名周。游心方外,不能自修。寿命终极,来此玄幽。公子何以问之?"
>
> 对曰:"我欲告之以五岳,祷之于神祇。起子素骨,反子四肢;取耳北坎,求目南离;使东震献足,西坤授腹;五内皆还,六神尽复;子欲之不乎?"
>
> 髑髅曰:"公子之言殊难也!死为休息,生为役劳。冬

水之凝，何如春冰之消？荣位在身，不亦轻于尘毛？巢许所耻，伯成所逃。况我已化，与道逍遥。离朱不能见，子野不能听。尧舜不能赏，桀纣不能刑。虎豹不能害，剑戟不能伤。与阴阳同其流，与元气合其朴。以造化为父母，以天地为床褥。以雷电为鼓扇，以日月为灯烛。以云汉为川池，以星宿为珠玉。合体自然，无情无欲。澄之不清，浑之不浊。不行而至，不疾而速。"

于是言卒响绝，神光除灭。顾盼发轸，乃命仆夫，假之以缟巾，衾之以玄尘，为之伤涕，酹于路滨。

套用旧故事写新作品，这种做法值得我们注意。当早先的作品既吸引读者，又使读者不安时，这种现象就出现了；通过增补、删节和修改，后世的作家重新编写了原来的故事，使得它不至于再那样让他焦虑不安。张衡把庄子的寓言加以铺陈扩充，他对他那伟大先行者的修订在许多方面是有意义的。这些变动中有两处值得我们思考。第一，在庄子的寓言里相当引人注意地没有问的那个问题，张衡（张平子）问了，而且还得到了答复。庄子所问的是："你怎么落到今天这种地步？"张衡把问题变成："你是谁？"而且得到的回答是："庄子（庄周）。"原先的提问者如今成了被问者，仿佛张衡在问他："现在处在髑髅地位上的是你了，你有什么感想？"这种变更出于一种在我们之中普遍存在的疑惑，不相信庄子的寓言里包含的那种价值观——死者的欢乐和毫无缺憾。这种寓意需要有以前曾经怀疑过它的人来加以肯定。

在庄子笔下，髑髅所说的话，同弃之于荒野的骨骸那不明身份的身份是相符的，它讲的是生的劳碌和死的解脱。在张衡的笔下，为了拔去疑惑这根鲠喉之骨，故事又有了第二处变动。在赋的结尾，我们惊讶地发现自己似乎又置身于祭礼之中了——寿衣、葬礼、奠酒，为死者悲伤流泪，洒祭酒于路滨。张衡的这种做法同髑髅话中的"寓意"是直接矛盾的；虽然，张衡的这种做法说明他未能体会到事情的一个方面，但是却表明他很好地领会到了事情的另一方面。庄子认为脱离了与人世间亲戚的干系会给人带来快乐，张衡却让骨骸回到自己的家族里，使它成为庄姓氏族的血脉，重新有了父母。张衡自己扮演了孝子贤孙的角色，他出席葬礼，洒泪于祭奠，使得传统的祭礼与情感的倾泻完美无缺地结合起来。张衡在庄子的旧瓶里装进了自己的新酒；骨骸有了姓名，有了同活着的人的联系，有了亲族。

在同无名死者的骨骸相遇时，我们合乎礼仪地问了它一些问题，又合乎礼仪地安葬了它。死者们不再回头同我们说话，告诉我们他们并不关心我们的世界，也不在乎我们为他们安排的葬礼。每当他们显灵时，通常证实了我们的想法，证实了在两个世界之间保持一种紧密的、仪礼上的联系是至关紧要的。有许多有关鬼魂显灵的传说，他们或者要求重新埋葬暴骨荒野的尸骸，或者作祟于贤明的地方官，使他相信某处有陵墓被人掘开，尸骨尽露。每当战争或者自然灾害留下大批没有安葬的尸首时，朝廷就敕令各级官府履行死者家属的职责，妥善地安葬它们。髑髅可以津津乐道冥府的自由，恪尽厥职的活人社会却为这些死者悲哀，悲叹他们无人可以依靠，把依赖和亲属这些概念强加给他们。当小家庭无力照料自己的成员时，更大的社会家庭就插手相助，以便无名的死者也能同活人保持一定的联系。

公元430年（刘宋元嘉七年），在修筑东府城挖沟筑墙时掘

开一座古墓,谢惠连作有《祭古冢文》(并序)一首:

东府掘城北堑,入丈余,得古冢,上无封域。不用砖甓,以木为椁。中有两棺,正方,两头无和,明器之属。材瓦铜漆,有数十种,多异形,不可尽识。刻木为人,长三尺,可有二十余头。初开见,悉是人形,以物柸拔之,应手灰灭。棺上有五铢钱百余枚。水中有甘蔗节及梅李核瓜瓣,皆浮出,不甚烂坏。铭志不存,世代不可得而知也。公命城者改埋于东冈。祭之以豚酒。既不知其名字远近,故假为之号曰冥漠君云尔。

元嘉七年九月十四日,司徒御属领直兵令史、统作城录事、临漳令、亭侯朱林,具豚醪之祭,敬荐冥漠君之灵:

悉总徒旅,板筑是司。穷泉为堑,聚壤成基。一椁既启,双棺在兹。舍畚凄怆,纵锸涟洏。刍灵已毁,涂车既摧。几筵糜腐,俎豆倾低。盘或梅李,盎或醯醢,蔗传余节,瓜表遗犀。追惟夫子,生自何代?曜质几年?潜灵几载?为寿为夭?宁显宁晦?铭志湮灭,姓字不传。今谁子后?曩谁子先?功名美恶?如何蔑然?

百堵皆作,十仞斯齐。墉不可转,堑不可回。黄肠既毁,便房已颓。循题兴念,抚俑增哀。射声垂仁,广汉流渥。祠骸府阿,掩骼城曲。仰羡古风,为君改卜。轮移北隍,窀穸东麓。圹即新营,棺仍旧木。合葬非古,周公所存,敬遵昔义,还祔双魂。酒以两壶,牲以特豚。幽灵仿佛,歆我牺樽。呜呼哀哉。

如果说庄子和张衡的文章还是用比较随便的对话体写成的话,那么,这篇"祭文"就是用以同幽灵鬼魂沟通信息的非常正式的渠道了。不过,在这里,祭礼和谢惠连所采用的这种文学体裁都有可能遭到质疑,因为祭礼和祭文的定义同这里的祭礼和祭文显然有冲突。"祭文"总是为有特殊身份的人而写的,以建立说话者与死者之间的个人的或社会的联系。看得出这一对出土的人是有特殊身份的人,墓室中出土的陪葬物说明他们生前地位显要,是值得追悼、值得纪念的。谢惠连运用的这种文学体裁,有一套向死者致辞的必不可少的固定程式。他对这一对死者一无所知,无法按照所需的程式撰写祭文;于是,他就像庄子和张衡那样,凡是需要讲到死者生平中重要事项的地方,就用问题来取代,用提问的形式来掩饰他的无知。

  不过,最耐人寻味的还是序文与祭文正文之间的变化;这个变化是这两具骨骸的双重性的外在化:它们既是人,又只是单纯的"物"。在序文里,谢惠连是一个非专业的考古学家,一个好奇的观察者,他叙述了墓被掘开的情况,详细罗列了墓中的各种物品。在这里,死者只是物品而已,是墓室中各项物品中的一项。他是个散文家,由于各项物品并列在一起,他注意到果核和甘蔗比人的姓名以及人们对死者生前行为的记忆更为经久。在序文里,他想到什么就说什么,知道这番话并不是对死者说的,死者不在听他。可是,在祭文的正文里,谢惠连的语调就变了:此时,死者正在听他说些什么。他们由物而还原为人。工人们先前好奇地拨弄木俑,目睹它们风化灰灭,现在敬畏地放下掘墓工具,凄怆流泪。序文里讲过的故事,又按照礼仪和宗教的要求重新加以叙述,恂恂有礼地对惊动墓室表示歉意,担保会对此作出弥补。

就某种意义而言，这两种叙述并列在一起，损害了祭礼的庄严和可信：我们看到的是一名下级官吏在执行一项指派任务，用空洞的声音读着祭辞。活人的社会坚持要同死者保持形式上的联系，然而，在这里，我们比在庄子和张衡那里更强烈地意识到，死者确实不关心我们究竟想把他们怎么样，更强烈地感受到，他们已经脱离活人的世界而远去了。我们只不过是装出对死者说话，装出他们能听到的样子而已。

如同在张衡的赋里一样，无名无姓的死者必须有一个名字，即使是在徒具形式的祭礼上，有了名字才能向死者致辞。但是，这些骨骸不会向我们开口了，除了提问，我们没有别的办法来解开疑团。因此，我们只好将它们诗意化，称死者为"冥漠君"，冥无所知太太和冥无所知先生。这个我们借以称呼他们的名字，正反映出他们已经脱离了同我们的干系。

我们相信庄子对我们说的：死去的人对活着的人不再感兴趣；他们毫不关心我们，也毫不关心我们替他们举行的祭礼和葬仪。然而。即使我们再一次肯定了这一件事，我们仍然感到不得不把这些祭礼举行到底。我们中间大部分人坚信，这些尸首和骨骸只不过是"物"罢了。可是，我们之中有谁能够紧挨这样的"物"站着而不以为它同别的物不一样呢？我们面对死者会感到不自在，这种不自在提醒我们毋忘终必有死，提醒我们不要忘了我们自身生存的有限性；事情还不仅如此。庄子的骨骸在张衡面前出现的两重性，在这样的时刻，我们又全都体验到了：死者已经完全脱离了我们，我们却仍然把他们当作仿佛生活在我们之中来对待。他们既是物又是人，是一种有强大作用力的记忆变形，是湮没的人铭刻给现在人看的志文。隐藏在物里的人性出现在我们面前,哪怕是已经不复存在的人性,也要求我们把自己同他们联系起来。

人与人之间的关系是以个人与个人之间的关系为基础的。当我们遇见无名的死者时,我们会发现,我们对他们缺乏足够的了解,不知道应该同他们建立什么样的关系。有了身份,有了在我们世界中的"位置",才能成为一个真正的人。因为五官随着肌肉销蚀殆尽,因为墓碑已经风化磨灭,因为记忆变得模糊不清,所以,当我们面临要我们承认骨骸中已经不存在的人性的这种不曾衰减的要求时,要令人满意地作出反应,是非常困难的。因此,我们就同它们交谈起来。你是令誉满身还是臭名昭著?——这样我们可以知道应该赞颂你还是谴责你。你是壮年夭折还是寿终正寝?——这样我们可以知道应该怜悯你还是尊敬你。你是男的还是女的?是汉族人还是少数民族?也许你就住在我们城里,也许你还是我们的远房亲戚?这些问题属于这样的范畴:回答了它们,才有可能在人与人之间建立联系。死者缄默不语。可是我们仍然克制不住要同他们交谈的欲望,控制不了想把他们套进人际关系这张大网里去的冲动。

十六世纪初叶,一名驿丞在贵州的山野埋葬了几个死于道旁的路人。这位驿丞名叫王守仁(王阳明,1472—1529年,后以十二世纪以来最伟大的新儒学思想家闻名于世)。他应景而写了一篇题为《瘗旅文》的作品:

> 维正德四年秋月三日。有吏目云自京来者,不知其名

氏，携一子一仆将之任。过龙场，投宿土苗家。予从篱落间望见之。阴雨昏黑，欲就问讯北来事，不果。明早遣人觇之，已行矣。

薄午有人自蜈蚣坡来，云一老人死坡下，傍两人哭之哀。予曰："此必吏目死矣，伤哉！"薄暮复有人来，云坡下死者二人，傍一人坐叹。询其状，则其子又死矣。明日复有人来。云见坡下积尸三焉，则其仆又死矣。呜呼伤哉！

同谢惠连的祭文一样，《瘗旅文》也有双重的听众。在文章的后面，王守仁直接向死者说话，可是在这里，他也把我们这些后世的读者包括在内。他需要我们站在一边听他对死者说些什么，这样，我们同他的关系比起他同吏目之间素昧平生的关系来要深一层。对他来说，让我们了解事情发生的背景，了解他同这件事没有什么瓜葛——"我连他的名字都不知道"，是很重要的。为了我们起见，他细致地描写了他同死者究竟有多大的交情：他只不过透过篱笆望见过他一眼而已。

不过，在他详尽地向我们描写的那些细节里，我们感觉得到某种局促不安的东西，某种几乎可以说是忏悔的东西。他甚至连那个人的名字都没弄清楚。他本来是可以弄清楚，可以同这个行客建立更深一点的关系的，但是那天晚上天气糟透了——要去的话很不方便。第二天早上等他派人去的时候，那人已经走了。他们之间没有关系，他没有照看这个人的义务，然而，我们知道，他明白本来是可以建立关系的——他怎么会知道后来会发生这种事呢？不管一个正要去赴任的吏目是否有权利在政府的驿站下榻，眼下的情况是，这位北来的行客生命中的最后一个晚上，是被迫在一个少数民族的土著家里投宿的,这个土著的家离政府的驿站相距无几,而驿站的驿丞就是王守仁,他的职责就是照料来往的行客。

他告诉我们他想要去见那个人;告诉我们去很不方便;告诉我们他没有同那个人建立任何关系。这个责任在王守仁身上。他想为自己开脱。他告诉我们,他一早就派人去了,可是已经太迟了;那人已经走了。在这种平易的叙述之下,活动着的是复杂的、难以言传的人类感情,这种感情在文章中不是通过直抒胸臆,而是通过某些细节描写而流露出来的。

随后,奇怪的噩耗就接踵而来。带给王守仁的死讯,每一次都使他挂念,使他感到内疚,他并不是对死者一无所知,因此,他无法置身事外而无动于衷。如果同行的三个人中有人幸存,那么幸存的人对死去的人就负有责任;如今三个人全都死了,最近的"亲戚"只剩下对他们最关心、渊源最密切的北方人了,这个北方人本来有可能与死者建立一种关系,可是由于不方便而未能实现。

> 念其暴骨无主,将二童子持畚锸往瘗之。二童子有难色,然予曰:"嘻!吾与尔犹彼也。"二童悯然涕下,请往。就其傍山麓为三坎埋之。

这篇文章的戏剧性集中在这一段的第一句里,集中在"我应当去"与"我不想去"、"同我没有关系"、"去一次多不方便呀"这两种想法的冲突上。从外表上看,文章只告诉我们最终采取的合乎人道的行动,然而,他也向我们坦白,他只是"念其暴骨无主"才去的。所谓"念"者，就说明在想到这种德行与实施这种德行之间有经过思想斗争的过程。这个导致他作出决定的过程，使我们了解到王守仁是位"贤者"，但还不是一位"圣人"。圣人行善无需经过思考；王守仁的善行仍然没有超越出我们这等普通人的境界。

他采取了施德行善的决定，满足了内心要求自己认识什么是善什么是恶，并且把善举付诸实施的冲动；按照孟子一派儒学对"自然"的解释，他行动得相当"自然"。两名仆人对要做的事畏缩不前，成为他的善举的衬托。当王守仁向他们指出事情的原则时，他们受到教化，态度发生转变；现在，他们自愿而且热心地去完成他们的任务。毫无疑问，摆在我们面前的是儒家有关善行的一次言简意赅的演讲。不过，我们在这里不仅可以看到，整个这段话包含的内容不止是一条明白易懂的儒学原则，而且可以看到，即使是在说教的时候，作品中也贯穿和洋溢着错综交织的人的感情。

清代的批评家林云铭对此认识得很清楚，他指出，埋葬死者的人是有仁人之心的人，从感情上说他不必如此悲伤，王守仁在这件事上所以会有这种感受，是因为在他心里产生了一种同情，产生这种同情是因为预见到自己也会遭受同样的命运。他不知道自己是不是还有可能回到中原。他的心被眼前的景象所熏染。林云铭指出，王守仁虽然是在为吏目感到悲伤，实际上他是在为他自己感到悲伤。王守仁不是用干巴巴的道德戒条来教训仆人："埋葬那些没有人安葬他们的人，这是你们的责任。"他没有以自身的利益来说服他们："如果我们不把他们埋了，他们会闹鬼作祟的。"他只是说："你我都同他们一样"——都是单身在边疆荒野，没有亲戚在身边，随时都有可能倒在路旁，然后被世人所遗忘。不过，请注意，他的意思并不是说："我们务必要照料他们，这样，轮到我们自己的时候，才能指望有人来照料我们。"如果是在中原地区，他也许会以此为理由，然而这里是贵州，这样的指望是不现实的。要是我们倒在路边，不会有人来关心我们。王守仁并没有从实用的角度给仆人提供希望。我们这样做只是出于我们的感情，而我们对他们的感情，从根本上说，就是对我们自己的感情。

这里有一点是真实的：同死者建立某项关系的这种需要，从本质上说，是自私的，一种化为感情的自私（这里说的自私，不是指为了对自己有所帮助才去做某件事，也不是指对所做的事抱有能获实利的期望）。这是活着的人的猜想，猜想当同活人世界的一切联系都被切断后，每一个人都一定会渴望能恢复这样的联系。庄子梦中的髑髅所蔑视的，正是对生活纽带的这种依恋。肯定生活，肯定你属于一个家庭、一个社团，这是人类共有感情的不言而喻的基础，在它的驱使下，我们不得不同死者建立某种联系。死是对这些价值的背叛；对生的依恋是我们同死者建立关系的基础，然而，由于感到被人辜负了，这种单纯的依恋就变得复杂了。

又以只鸡，饭三盂，嗟吁涕洟而告之曰："呜呼伤哉！繄何人？繄何人？吾龙场驿丞、余姚王守仁也。吾与尔皆中土之产。吾不知尔郡邑。尔乌为乎来为兹山之鬼乎？

"古者重去其乡，游宦不逾千里。吾以窜逐而来，此宜也。尔亦何辜乎？闻尔官吏目耳；俸不能五斗，尔率妻子躬耕可有也。乌为乎以五斗而易尔七尺之躯，又不足而益以尔子与仆乎？呜呼伤哉！

"尔诚恋兹五斗而来，则宜欣然就道。乌为乎吾昨望见尔容戚然，盖不胜其忧者？夫冲冒雾露，扳援崖壁，行万峰之顶，饥渴劳顿，而又瘴疠侵其外，忧郁攻其中，其能以无死乎？吾固知尔之必死，然不谓若其速，又不谓尔子尔仆亦趋尔奄忽也。皆尔自取，谓之何哉。

"吾念尔三骨之无依而来。瘗尔乃使吾有无穷之怆也。呜呼痛哉！纵不尔瘗，出崖之狐成群，阴壑之虺如车轮，亦必能葬尔于腹，不致久暴露尔。尔既已无知，然吾何能为心乎？

"吾去父母乡国来此三年矣。历瘴毒而苟能自全，以吾未尝一日之戚戚也。今悲伤若此，是吾为尔者重，自为者轻也。吾不宜复为尔悲矣。"

"尔既已无知……"：王守仁意识到，同死者的这种联系是出于他自己的想象，然而是一种迫切的、必要的想象，它自己使自己成为一种独特的现实。正如林云铭所指出的，在某种程度上这篇文章是王守仁为他自己写的；这个预示着他自己将来命运的吏目，引出了他所有的压抑着的焦虑以及放逐带给他的不幸。然而，他只有通过这种联系，通过为死去的吏目所做的事，通过权衡他们境遇的相同与不同，才能够发现他自己。

从根本上说，在同死者的关系中，王守仁处于以自我为中心的地位，这比较容易看得出来，可是，由于矛盾的情感和心理趋向相互交叉，行动自身以及所建立起的关系就变得不那么容易弄清楚了。如果他不计较天气造成的不便而到苗民家中同吏目见面的话，那么，他所叙述的头几句话应该早几天就说了："你是谁？我是龙场驿丞、余姚的王守仁。"有了身份才能建立关系，身份包括人的姓名、地名、官职名。没有得到死者的答复，王守仁于是着手为吏目编排一部推想的历史。他知道那人的官阶，因为其职位甚至比他本人还低，因此他直言不讳地教训起他来。不但如此，他还假定这个吏目来自中原的某个地方，于是，他们之间的亲缘关系就有了一线可能。一个身居贵州这样的边远地区的人，必然会把文明化的中原地区视为共有的故乡。假如他们是在一个离京都稍近一点的省份里，这个来自不知什么地方的吏目完全有可能被看作毫不相干的陌生人。假如到了另一个星球上，那么，他甚至会把苗族土著当作手足同胞。无论在哪里，我们总是把整个世界按陌生人和多少有点亲缘关系的两类分开；就让这个人成为亲属吧。

一旦建立了这样的开端，语调突然变了："你为什么到这里来做山中之鬼？"在中文原文里这个字用得非常明确——是"为什么"，而不是"怎么会"。仿佛是死者自己选择了死亡这条路，他是咎由自取似的。王守仁其实是想提另一个问题："这件事是怎么发生的？"然而，由于他的感情的作用，由于不得不对这些死者承担责任而产生的愤慨，由于这些死者提醒他想到自己，唤起他心中深藏着的、轻易不加触动的痛苦，较温和的疑问词变成较严厉的疑问词。谴责的味道更重了："我来这里是因为我别无选择；你来这里却是为了五斗米的薄俸，结果毁了你自己，还非得要我来照顾你。"他为死者提供了生活的历史，批评他错误的选择，他同死者的关系变得丰满了。王守仁告诉他的仆人说，他们对死者的关心就是对他们自己的关心；随后他又叱责死去的吏目，因为死者扰得他黯然神伤，而这种悲戚酸苦的心理对他的生命是一种威胁；这里，他责备吏目不够当心，责备他没有预见到危险。死亡使我们更加急不可耐地依恋于生活，这种依恋之情使得我们迁怒于那些背弃了生活的人：我们召回他们的亡魂，对他们加以叱责。

他内心的眼睛看到这个吏目为了贪图五斗薄俸而匆匆上路。不过，当王守仁在龙场看到他时，他已经变了，他脸上蒙着忧郁阴沉、劫数已尽的神色。王守仁在向我们描述实际上并未发生的相会的各种细节时，没有提到这一点；现在，当他向死者说话时，我们从一旁听到了。感到内疚这种弦外之音，现在变得更清楚了。阻碍他去见吏目的，不仅是前天晚上风雨交加造成的不便，而且还有不吉利的氛围，有吏目脸上的那种在劫难逃的神色。让他走吧，到别的地方去死，我没有必要知道他的死活。然而，他死得离我这么近；三个人全死了。除了他们之外，在这块地方只有我一个是北方人，别人多半已经告诉他们了。王守仁在心底里无声地谴责他自己，他向死者说这番话，是想洗刷自己的罪名："我没料到事情发生得这么快，也没料到你的儿子和仆人奄忽之间同你死在一起。"同死者说话是为了发泄他的怒气，同时也是为了赎清他的罪责。他把责任推卸得一干二净："你必须承认你是咎由自取。"

做到这一点，王守仁还不满足，在人与人之间的这种复杂的谁欠谁的关系上，他反过来又对死者提出控诉。他列举了死者亏欠活人的账目："我安葬了你，这给我带来很多麻烦，也使我感受到自己的不幸：我把悲哀奉送给你作为礼物，它反过来却危及我的生命，这三年来，为了维持我的生命，我没有一天敢于悲悲戚戚地过日子。"如果不是我,王守仁反过来说,你们就要葬身在狐狸和毒蛇的肚子里,他借此而自夸,要死者对他感恩戴德,然而,就是这种隐而不宣的自我夸耀,削弱了他的诉讼的力量。王守仁想让死者明白,他从王守仁那里捞到了多少好处,他避免了多么可怕的归宿。然而,即使是王守仁自己,在他向死者说明这一点时,他也意识到庄子寓言中包含的真情,意识到死去的人并不在乎——不在乎怎么埋葬他们,埋葬在哪里,甚至不在乎是不是有人埋葬他们。与此同时,王守仁也意识到庄子寓言没有包含的另一个真情——他在乎。他的整篇曲折拐弯的论证,都是以他所设想的另一个默不作声的人应有的感受为前提,以它们为起源,他把这些感受归之于死者,而死者却无法感受到这些感受。最初的关系产生于对生活的依恋之情,现在又有了这种起源于自身的关系,各种情感活跃在这种关系的周围,它们以对生活的依恋之情为基础而活动不息。现在,一切都够了,"吾不宜复为尔悲矣。"

我们看见儒家的哲学大师王守仁伫立在荒野,面对草率掘成的坟墓,放上古已有之的贡品,迫不及待地、自顾自地对死者说着话——请吏目原谅在此之前自己没有不怕麻烦地去同他会面,责备吏目行事轻率,要死去的人明白自己不辞辛苦地为他所做的事和对他所抱的同情心。他不让死者就这样离去。他把他们拉回到同活人的关系之中;使死者同他本人建立起某种关系。

吾为尔歌,尔听之;歌曰:

连峰际天兮,飞鸟不通;游子怀乡兮,莫知西东。莫知西东兮,维天则同;异域殊方兮,环海之中,达观随寓兮奚必予宫。魂兮魂兮,无悲以恫。

用这样的话来安慰死者是相当奇特的——它们更适合于用来抚慰活着的人。如果真的遵照王守仁自己的决断，那么，就不应当再为死者悲伤，除了规劝他听天由命以外，也不应该再给他别的什么安慰。自我规劝纵然行之有效，如果用到别人头上，也会令人厌恶。不过，基于这一整套程序——自我介绍，道歉，责备，现在又是努力恢复镇定——王守仁与死者的关系达到了一个新的水平，他不再掺杂进其他想法，同死者变得亲密起来，这种关系使得他能够写下另一首歌。他迫不及待地同死者进行的"谈话"，其成果就体现在这最后的一首歌里，这是真正的安慰，它带着一种轻松自如的情调，当你同一个活着的人之间保持有朋友关系时，通常会出现这种情调。

又歌以慰之曰："与尔皆乡土之离兮，蛮之人言语不相知兮；性命不可期。吾苟死于兹兮，率尔子仆来从予兮：吾与尔遨以嬉兮，骖紫彪而乘文螭兮，登望故乡而嘘唏兮。吾苟获生归兮，尔子尔仆尚尔随兮，无以无侣悲兮。道旁之冢累累兮：多中土之流离兮。相与呼啸而徘徊兮，飧风饮露无尔饥兮。朝友麋鹿暮猿与栖兮，尔安尔居兮，无为厉于兹墟兮。"

整首歌都是一种许诺，许诺会有人同他做伴，许诺会重新建立所有被死者切断的活人世界中的那些关系。王守仁在文章的一开头就向死去的吏目介绍他自己，以此来弥补早几天的过错，他原本应该当时就去找这个在南方荒野里越趄而行的北方同乡。在篇末的这首歌里，引见介绍变成了友谊的开端，这种友谊在谈及王守仁自己的死亡时达到了最高峰。来自北方的死者欢聚在南方的荒山僻野——大吃大喝,欢宴悲歌,比起人世间令人气沮的孤独生活来,这种结局并不算坏。王守仁对冥府的看法同庄子的和张衡的一样富有诗意,但也有不同的地方——死亡最令人恐怖的是要离世远去,是由此而来的孤独,是断绝与人类的一切往来。在这里我们看到的是嘈嘈嚷嚷闹成一团的鬼魂,他们在山间游荡,与麋鹿为友,和猿猴同床。

在庄子的寓言里,颦蹙双眉的髑髅向活着的人证明活人所理解不了的幽间的欢乐。在这篇文章里,活人王守仁向死去的人担保,要满足他们的只有活人才会有的需要,使他们不至于遭受失落的痛苦,这种痛苦会使他们更像死人。在前面,他承认了那种较为严峻的真情,即死去的人丧失了意识,而且也不在乎。他小心翼翼地避开这个真情,转而接受了另一个真情,即死与生是相互牴牾的。

王守仁不只是用同死者交谈和为他们唱歌来抵御摧残人的痛苦和恐惧,他还把对死者所谈的和向他们所唱的内容写下来。出于孤独,他写下了同死去的人的关系,为死者构想了一个欢乐的社会。他也许真的对死去的吏目说过这些话,然而,他把它们写下来却是为了给我们看,他在贵州是孤独的,他自己也难免一死,死后也是孤独的,他想借这篇文章把我们拉进来,同他建立一种关系。《庄子》的关于髑髅的寓言旨在毁掉它自己:它的语词、形象和推论,只有毁了它们,不按它们原来面貌来理解它们,才能把握内中的意蕴。然而在这里,文章所写的就是它所要表达的,我们从字面上完全可以看出髑髅所讥讽的那种对生活以及对同其他人关系的热烈的依恋之情。

3 繁盛与衰落:必然性的机械运转

建安十三年(208年),北方军阀曹操引重兵挥师下江南,此时汉朝末代皇帝已经形同虚设,曹操自命为天子的"保护人"。到长江后,曹操准备了一支舰队用来攻打南方的吴国,吴国声称它既不属于汉王朝管辖,也不接受曹操的统治。当曹操的舰只停泊在赤壁时,吴国的水军指挥周瑜,也是吴王的连襟,领导了一次勇敢无畏的袭击。吴国的火船乘着久等而至的东风,直扑曹操的兵船,北方的军舰出于防卫的考虑用铁链拴在一起,结果全部被烧毁。

这场战争打破了曹操征服南方、重新统一中国的希望。不过,如果他征服了吴国,他肯定要把乔氏姐妹作为战利品带回北方,乔氏姐妹是当时最美的女子——一个是国王的妻子,另一个是周瑜的妻子。如果舰队没有被摧毁,如果乔氏姐妹被带到北方,那么,在曹操死后,她们俩就会像曹操的其他妻妾一样被终身监禁,老死在为她们死去的夫主修建的铜雀台里。

赤壁大战之后六百余年,诗人杜牧(803—853年)在一柄锈戟上发现了事情的这种并未发生的结果,这柄锈戟就是在赤壁找到的。他写了一首题为《赤壁》的诗:

追 忆

> 折戟沉沙铁未销,
> 自将磨洗认前朝。
> 东风不与周郎便,
> 铜雀春深锁二乔。

同许多发现古物的诗歌一样,这里也涉及许多除去覆盖物、擦掉水垢和试着补上失去部分以恢复原貌的工作。这一系列工作的目的是要认出找到的究竟是什么东西。在这里,找到的东西最初显得颇有些神秘,它没有全部埋在沙里,可是露出的部分又不易察觉,不过还是引起了诗人的注意,使得诗人拨去沙子,把它掏出来。掏出的残余物还能使人辨认出它原本是哪一类东西——"戟"——但是,要知道这件器物究竟是什么,光有这个类名还不够。最终,当他经过磨洗让物体显露出本形时,他没有发现事情是什么,只是发现了事情不是什么。这里包括有某种不能肯定的、臆测的和并不当真的成分在内。

在这首绝句的前两行里,作者为我们凝练地描绘了揭示物体原貌和认识它的场面,我们被这种场面吸引住了,每发现一样东西,人们通常忍不住要去揭示它、认识它,就像在这里一样。同杜牧一起,我们也认出了前朝的事("认前朝")。我们认出了这柄戟是一件旧物,是前朝的出品,接着我们又认出了它属于哪一个朝代,最后,将要达到我们的真正目的,通过这柄戟来认识这个朝代以及它的命运。一旦我们了解了它,一旦我们把围绕在它周围的、被遗忘的过去全都重新拼拢起来,这件蒙着泥沙锈迹的物品自身就将失去意义。

然而,就在我们刚要完成我们的认识时,我们的思维轨迹却

3 繁盛与衰落：必然性的机械运转

像曹操的战事一样，受到阻碍而力有不逮了。我们没能越过眼前的障碍而把握住这种神秘的美；由于无目的地幻想着假如事情发生的话可能会是什么样子，我们向知识的推进偏离了方向。向前疾刺的戟被人挡开了；它落到沙里，埋藏了几个世纪，长满了锈，一面在幻想着，如果事情的结局不是这样的话，那么，不是我们陷在沙里生锈，而是二乔陷在铜雀台的春闺中等待老之将至了。要是风伯长眼，不去帮周瑜放出那股东风，而是帮我们的忙，让东风留着，等二乔进了铜雀台，吹绿铜雀台周围的枝叶，那该有多好。偏离了目标的戟体现了一种没有实现的可能性：它"回想着"事情可能是怎么样，并且找到了答案，我们也幻想着它所幻想的东西。

这首诗的美，就在于进入后两句诗时思维运动出现的倾斜。当我们涉及古物时，举隅法是经常出现的，一个部分能使我们认识和了解不复存在的全部整体。但是，在这里，向前疾刺的戟偏离了它的方向，使得我们也随之偏离了举隅法，而采用起换喻来，在其中，原因和结果相隔遥远，中间隔着一层又一层的各种条件。要是春日的东风不是为周瑜提供了方便，帮他把火船吹进曹操的舰队，那么，曹操就会打败吴国，把乔氏姐妹带回他的后宫。如果是这样，那么，曹操死后，同样是春日的东风就会吹绿铜雀台周围的草叶，铜雀台中幽禁着二乔，二乔春心荡漾，由于曹操死了，这种欲望永远得不到满足。出现在诗的末尾的这种无法满足的性欲的形象（这样的形象在有关铜雀台的诗歌中屡见不鲜），是幻想者在为曹操报赤壁之仇，因为曹操在赤壁大战中没有能够实现他的欲望，而这柄戟在其中似乎也有一份。除掉蒙在这件物品外的污垢，我们找到的是欲望，以及由欲望转变而来的、未曾实现的可能性。

杜牧的这首诗同这些"可能会是"的推测是分不开的,在中国古典文学里,这样的推测几乎没有立足之地。它们只出现在某种事关何去何从的时刻,出现在当事情可能会朝这方面也可能会朝另一方面发展时,面临机遇、鲁莽的抉择和"尝试"的时刻。杜牧的诗似乎是在告诉我们,如果不是那一天起了东风这个偶然事件的话,历史可能会转向另一个不同的进程朝前发展。

无论是在中国还是在西方,偶然事件和一系列并非人为的机遇,对历史发展趋向来说,始终构成一个特殊的问题。凡是同具体事件打交道的历史学家都不得不承认有这样的时刻存在,但是,历史学家们宁愿把它们埋藏起来,只向人们提供一个其原因和结局都易于理解的进程。准确地说,"历史"——同世界的真实的运转方式相反——是一个由必然性驱动的机械运转过程,这个必然性犹如古代女神安奈克(Ananke),她有许多神性和许多化身:经验的必然性、道德的必然性、经济的必然性、神界的必然性。只要现实世界不断以纷繁复杂的生活来为必然性勾勒出新的脸面,那么,我们如何形容限定它,实际上并没有多大关系。杜牧在这里偏离了历史必然性的发展轨迹,正像东风破坏了曹操征服吴国战事的发展,当然,后者只不过是一次由人操纵的事件。

必然性贯穿于朝代更迭的历史中,偏离了这种必然性,就是异端。注释是传统借以惩罚异端的工具。从宋代的许彦周开始,对杜牧的这首诗有了一种相沿不替的解释,即认为杜牧这首诗隐伏着对曹操的批评;他揭去这首诗表面的掩盖物,指出杜牧这首诗的真正用意在于揭露曹操真正感兴趣的是把乔氏姐妹占为己有，而不是他的更为要紧的重新统一中国的责任。后来的批评家更加露骨地强调这种道德寓意，他们补充说，曹操在军事上的失败是无可避免的，原因就在于他的动机不纯。

我们不必去顾及这样的解释说得是否合乎实情；要弄清楚这一点，只有知道杜牧本人的用意究竟是什么才行，谁也没有办法真正弄清楚杜牧到底是什么用意，这是我们永远也把握不了的古代美。不过，我们可以扮演一下喜欢刨根问底的历史学家，来考虑为什么会产生这样的解释，以及为什么这种解释盛行不衰。我们可以简单地说，把这首诗放到伦理史的背景里，可以借以增加它在道德方面的严肃性；这种说法也许不错，不过，它丝毫没有告诉我们，为什么许彦周等人作出的是这样的解释。换一种解释，譬如说认为这首诗隐伏着对周瑜的批评，批评他对继续拥有小乔比对保卫他的国家更为关心，同样也与诗文不冲突。后一种假设的解释所以不具备说明事情的能力，是因为它无法告诉我们，为什么失败的是曹操：这样一来，东风帮助的人反倒成了动机不纯的人。注释家们用自己的注释来征服杜牧的诗，本来杜牧的诗是由机遇和可此可彼的可能性统治着的，这种征服并不只是想借助注释进行道德说教，而且企图把历史事实与道德必然性结合起来，以证明历史事件终归是为必然性所统治的。

当过去的各种事件处于道德必然性的机械运转的统治之下时，对自然界来说，就没有自由可言（它在其中表现为偶然事件），在人类社会里，它显得格格不入，似乎随时可能被驱逐出去。人们所做的推想是这样的：如果曹操真心想做开国君主，他就不会把心思放在二乔身上，就能够在赤壁取胜。从这一点马上会引出这样的问题来：曹操的动机究竟在他自己的道德自由的范围内，还是属于某种更大的、历史必然性的演进过程。这才是摆在诗人、注释者和历史学家所有这些人面前的真正的隐伏着的奥秘。在考虑这个问题之前，让我们也允许自己稍微偏离一会儿，来回顾一下有关悲剧的概念。

在西方传统里，有许多人想给悲剧下一个定义。大部分这样的定义都谈到了一些人的绝对的局限性的经验，在其中，主角发现他或者她只不过是更大的意志所支配的对象而已，他们在必然性的驱使下不得已地走向毁灭。某些从外表上看似乎是自由的意志同必然性抗争，结果或者是失败了，或者是发现它们在某些方面并不自由，它们的行动无可奈何地为必然性所指使。并不是每一部以悲剧为名的作品都完全符合这个描述，不过，万变不离其宗，无以数计的变体都是以此为内核而演化开来的。

在悲剧里，由因果报应实现的正义这种概念，以及某种包罗宏富的、在其中给予人以一定程度的选择自由的道德的机械力，是两个必不可少的要素，而且，当与必然性相遇时，两者各自起的作用，看来是不可同日而语的。在第一层面上，因果报应的正义用来使必然性安顿下来，使无所不在的女神化身在最易相处的形象里，"道德必然性"。主角被设想犯有某种过错（判断错误、缺陷、失误、偏离正道），或者是代他的先人受过。由于这样的解释，必然性在某种程度上变得可以为人理解，人对必然性似乎也能稍加控制，当事件处在可能朝这个方向，也可能朝另一个方向发展的转捩点上时，人似乎能够运用他的自由意志，虽然这种自由意志并不是出现在现在，而是出现在一去不复返的过去。不过，在真正的悲剧里，这种先于剧情而有的过错和因果报应的正义，比起压倒一切的、神秘莫测的必然性来，不值得一提；一出

3 繁盛与衰落：必然性的机械运转

仅仅宣扬因果报应、描写罪与罚的戏剧，谈不上是悲剧。

在第二层也是更基本的层面上，由于不能用必然性来成功地解释那些不那么容易理解，甚至可以说是与道德无关的力量，正义必定会通过因果报应而得到实现的说法，就显示出它的不足来。主角没有做错事，然而还是遭到毁灭。必然性具体化为一种无所不在的意志，现在被名之为"神的正义"，人的道德秩序命中注定要在同这种必然性的冲突中才能建立起来。

在西方的历史和传说中，悲剧通过一种意志的力量而出现，这种意志超越于人的能力之上；这是一种决定事件命运的意志，这些事件不用说是按照它的章法亦步亦趋的；事情的发展情节要仰赖这种意志来策划。没有一个人间的法庭会宣判俄狄浦斯有罪，因为他的罪行是在他无法控制的力量的指使下浑浑噩噩地犯下的；无论是犯罪还是惩罚，都是神一手炮制的。在《巴克埃》中，忒拜王彭透斯赞成礼法，即社会中人的正义；由于他的这种行为，他对酒神狄俄尼索斯犯了罪，理所当然地被酒神的女伴迈那得斯撕成了碎片：神对他穷追不舍。

我们不必去指望在中国的传统里发现西方意义上的悲剧；这种悲剧的结构是受其地域限制的。如果我们真的非常渴望找到这样的例证，那么，偶尔也能有所发现：《史记》中项羽的故事就是一例，他在争夺秦朝王位中是一个失败者，一个经常为人引征的例子：他是位英雄，勇敢而且品德高尚，有资格成为新王朝的奠基人，然而，"天"毁了他，使这个独行其是的、有个性的人成了它的牺牲品。不过，类似反映这种悲剧场景的作品，在西方文明中可以说是典型现象，在中国文明中则是凤毛麟角。然而，不同地域不同结构的文明，同样也有它们自己的典型现象，我们

67

有理由指望在非道德的必然性与人的道德秩序的冲突中，发现这种典型力量。

在中国的传统里，非道德的，也就是说，同道德无关的必然性，一般不表现为一种任意的、无所不在的意志，这种意志的自由是以扼杀芸芸众生的自由为基础的。缺少反复无常的、绝对的意志这种现象，同另一种现象相映成趣，即想象者没有在文学虚构方面发挥他的作用，想象者要控制他所写的情节，就得依靠超验的意志在情节中的作用：在西方传统里，有意识的虚构越是起了作用，真正可以称为悲剧的作品也就越加凝练，反之亦然，两者是相辅相成的。

中国传统中非道德的必然性，通常是指周而复始的、机械运转的自然，指它的那种非人格的力量。发展到后来，人们把这种机械运转的更为玄妙的过程称之为"命"，命运与其说是一种反复无常的、宿定的东西，不如说是一种最为精邃的物理过程。相对悲剧的必然性来说，最引人注目的对比，是这种样式的必然性完全能够为人所理解；所有的人都懂得自然的机械运转，而且，每当不可避免的事情快要发生时，会出现许多不起眼的迹象和征兆，"命"往往通过这些迹象和征兆来显示它的存在。典型的悲剧英雄总有一个从懵然无知到恍然大悟的过程；在中国，与悲剧英雄对应的人物则常常在既定的不幸结局来临之前，早就认识到这种结局是不可避免的。这里没有自由意志的抗争，取代它们的，是主人公在注定要遭受不幸的情况下，令人崇敬地、善始善终地克服绝望情绪。在这种角色的背后，孔子起了一定的作用——孔夫子是个复杂的多面人物，在中国的传统里，许多各自不同的角色都同他有渊源关系——孔夫子本人就是一位"知其不

3 繁盛与衰落：必然性的机械运转

可为而为之"的人（《论语·宪问》）。

也有这样的场合，主人公没有意识到，或者只是隐隐约约地意识到命中注定的事，而读者却已经认识到这样的事是非发生不可的。难以抑制的欲望和冲动给南唐后主李煜的现实生活染上了悲剧色彩，他本人成了悲剧英雄的"对应人物"：一味耽溺于享乐之中，无视木已成舟的命运，最后，按照野史的记载，随着南唐的灭亡，宋朝的开国者处死了他，命中注定的事得到了归宿。这是一种注定要给人带来厄运的快乐，对读者来说，追随这种快乐，会得到一种特殊的快感（在这种快乐里，居于中心地位的是读和写——在李煜来说，是写感人的词）。在十八世纪的小说《红楼梦》里，众多的主要人物对自身的命运一无所知，这种茫然无知具有一种魅力；不过，它所以会有魅力，只是因为每一个读者都知道贾府的衰败是不可避免的，知道凡事既然有盛就必定有衰。

无论主人公是不是觉悟到自己的命运，这都不是悲剧；不过，在中国的传统里，这种情景出现的频率，它在情感和理智上占有的分量，是可以同西方传统中的悲剧相提并论的。人被困陷在自然的那种既定的机械运转中，他们逃脱不了盛衰荣枯这种自然的循环往复的变化。这个过程偏巧是人们在回顾历史时见得最多的东西：它的样式是哀歌，是一种时间造成的距离，它相当于想象在唤起悲剧听众的"怜悯和恐惧"时所造成的距离。

能否通过因果报应来伸张正义是颇可置疑的，如果说，非道德的必然性就是自然的机械运转过程，那么，因果报应的正义对自然来说，只不过是一种道德秩序，普通人的所有正义，都要仰赖于这种秩序。在西方传统里，神的力量允许在反复无常的神的意志与人类的正义之间存在根本的区别（《约伯记》在结尾的时候笨拙地想把两者调和起来）。在中国的传统里，循环不已的自然所体现出的非道德的、机械运转的必然性，同道德的秩序结合于"天"。在人们称之为史家的那些讲故事的人那里，试图把这两种不可调和的力量调和起来，成了永无止境的任务。

假如我们要找的是悲剧的最完美的对应物，那么，就应当把目光转向这样的时刻：道德史上某项崇高的事业破碎的时刻，这种情况总是与某个个人的遭遇结合在一起，表现为某位善人生不逢时；高洁的风操打了败仗，仁人志士身毁名裂。类似这种情况的有屈原、诸葛亮、岳飞，甚至还可以算上孔子。关于这些人的故事构成了一部一览无余的、然而不无问题的道德长剧，在其中，历史必然性的机械作用（历史作为一种自然过程），战胜了美德、智慧和善政。

然而，在中国的传统里，更常见的是抽身躲避，不去揭开蒙在真正的根由和原因上的面纱，让未曾解决的冲突继续留在道德的秩序与非道德的必然性之间，后者表现为大自然的机械运转过程。西方的经院神学竭力要把神的绝对自由意志这样的概念同人的通常奉行的道德准则调和起来；这种不得不服从道德法律的神的意志只不过是道德法律的执行者，已经谈不上自由了。同样，作为机械运转过程的自然，也不断地陷入与作为道德秩序的自然的冲突中。花要凋谢是因为犯了什么罪？为什么繁盛之后理应有衰败？自然变化的节奏同正义公理没有关系，如果我们想要重写道德史，使它同自然的机械运转节奏协调一致——譬如，首先指出，王朝的覆灭应该归罪于统治者的罪孽，其次，在王朝的轮转中，后世的统治者非得继续作孽犯罪不可——那么，道德史会被更符合事情发展程序的自然必然性所吞并。在这种情况下，局限在人的自由范围内的道德史，变成了安奈克的细薄的外衣，外衣之下是强大的、无情的女神，她主宰了一切。道德史家们想要把两者危险地结合起来：他们对我们说，陈叔宝、隋炀帝和李煜就是末代昏君的例证，沉湎于享乐而遭来厄运的典型。然而，在王朝更替这种为非道德的必然性所支配的循环过程中，他们只不过是已经开败的、快要凋落的花朵，他们汲汲于寻欢作乐，与其说这是毁灭的原因，倒不如说这是想为眼看就要降临的毁灭寻找补偿。原来的目的是想把关于他们的事变成教谕故事，结果走了样；在后来的诗歌、戏剧和小说中，它们吸引着读者，并且使读者认识到，其中的道德判断只不过是细薄的外衣而已。

让我们假定我们面对着一座城市的废墟，就像鲍照在五世纪中叶面对着广陵故城。两种不同的解释在我们的心中争斗不休；它可以是由于一部分居民犯的过错而导致的毁灭（作为道德秩序的自然），也可以是因为某个循环过程此时正值无法避免的下行阶段，城市的毁灭正是其中的一部分（作为与道德无关的机械运转的自然）。如果这两种假设处于不可调和的对立之中（推行善政的城市被毁，是因为在历史循环的进程中它的气数已尽），摆在我们面前的就是悲剧的对应物。如果能使这两种假设携起手来，摆在我们面前的就是一部道德史。如果就让这两种假设这样令人不舒服地并置着——不是把情感的发展转化到对真实原因的认识，而是在揭开面纱前止步不动——那么，摆在我们面前的就是一种特殊样式的中国哀歌。

在459年，竟陵王刘诞作乱，不愿臣服宋孝武帝刘骏，占据了繁华城市广陵。是年秋天，沈庆之领兵平息叛乱，掠夺了广陵城，屠杀了三千多居民。没过多久鲍照游访了故城废墟，写下了他最著名的赋《芜城赋》。

旧注以为"芜城"指的是广陵，不过，从赋文里找不出任何证据来肯定这一点。作品可以适用于类似的别的故城，这一点很明显：没有序，没有特指的地点、景色和人物，没有任何东西足以说明这座城市毁于去年而不是几个世纪前。一般说来，描述某一城市或者某一地方的赋，总是可以看出它描写的是哪里，它们往往大量堆砌细节和传闻逸事。也许鲍照是为了避免因为批评当政者的政策而引起怀疑，所以才不让读者知道这座城市的名字，也没有把它同具体的历史事件联系起来。由于他用一般的描写来囊括特殊的描写，他就不得不采用能使自然顺序的作用最大程度显露出来的方法，来处理他的主题。

我们读到了城市的盛衰，清楚地看到了自然必然性在这个过程中所起的作用，但是，与此同时，我们发现我们无法确定自然顺序是怎样发挥作用的。读着这首赋，我们被引入了一种情调，整首赋从头到尾都是哀伤的：自然是一种与道德无关的机械运转，在其中，任何繁荣昌盛都必定会为衰败破落所取代。与此同时，我们又读到了另一种情调，一种对桀骜不驯、犯上作乱的警告，这又是求助于作为道德秩序的自然，它用毁灭来惩罚罪过。

究竟用谁作为衡量是非的参照系数，看来显然是举棋不定，这种左右摇摆的情况，在中国诠释典籍的传统里是一个很重要的现象：杜甫诗的注释者就他的《秋兴》是"讽"还是"哀"争论不休。同样，汉赋的注释者就描写畋猎的西汉大赋对奢华铺张是"讽"还是"劝"也有争辩。同时具有两种相互矛盾的道德情感使得作品富有迷人的魔力，当一部作品无论从哪一方面来解释都难于自圆其说时,读者也倾向于从中得到两种矛盾的道德情感:在所有的引人入胜的繁华和所有的感官快乐之中,都隐藏着罪恶和危险以及惩罚和厄运的暗流。

> 沵迤平原,南驰苍梧涨海,北走紫塞雁门,柂以漕渠,轴以昆岗。重关复江之隩,四会五达之庄。

鲍照在赋的起首写到一片平原,在南北延展遥远的广阔的大地上,它占据中央。它是众山环绕之轴。这不是现实的中国,尤其不是南朝的中国,这是虚构出来的政治的和商业的地形。旧注认为这个地方就是广陵,可是,在这里,这个地方被描写得仿佛是一个"中心",是"中国",或者说,是"京都"。展现在鲍照面前的也许是广陵,然而,如果单看这段描述,很容易使人以为他所描写的是汉朝的京都长安和洛阳,或者是刘宋的京都建康。

从这些将它放在中心地位的文字里,可以体会出管辖和统治来。在这幅地形图里,它是轮轴,运河朝它汇拢而来:来自周围地域的货物和产品云集而至。他看到了城市开放的一面,看到它是吸引财富的中心;过一会儿他再看它时,它成了设防的堡垒,四面高筑城墙,以抵御随着成为繁华的中心而带来的危险。

> 当昔全盛之时,车挂辖,人驾肩。廛闬扑地,歌吹沸天。孳货盐田,铲利铜山。才力雄富,士马精妍。

"昔",也就是很久以前,它把我们带回到一个难以确定其时代的过去。虽然广陵在459年的掳掠以前,是一个相对兴盛的城市,在我们眼前还是展现出一幅历史的长卷,其中揭示了城市生活的循环运转。唐代注释者张铣把这个"昔"定为发生另一次叛乱的时候,即汉朝时吴王刘濞的叛乱。然而,从整篇赋文来看,这个"昔"事实上是要把我们从真实的历史上带开,引入不属于某一特殊时间的循环运转中去。唐代的散文家李华在纵目一处古战场时,问道:"秦欤汉欤?将近代欤?"历史的细节消失不见了,具体情况溶解在一般情况里,这是一种湮没,这种湮没使得牺牲生命变得毫无意义。同样,广陵也失掉了所有可以辨认它的特征,仅仅成为毁灭的城市的一个样板,由此,鲍照在下面的赋文里混淆了不同的时代,去思考是不是发生了"佚周令"的事。

这是一块处于中心位置的地域,河流大道集中到这块设防的中心地带来;突然之间,车马盈道,人声鼎沸,乐声直冲云霄,它成了聚集权力和财富的地方。鲍照没有告诉我们这个盈满的过程是如何发生的;没有人做过什么事,也没有人引起过什么事。出现在我们面前的是两个不同的发展阶段,在一个阶段上,眼前还是空无其物,到另一个阶段,它已经发展到了鼎盛时期;其中被省略的东西,读者就用最为"自然"的那种关系来加以填补,这种关系就是按照自然规律成长。

> 故能侈秦法,佚周令,划崇墉,刳浚洫,图修世以休命。是以版筑雉堞之殷,井干烽橹之勤,格高五岳,袤广三坟,崒若断岸,矗似长云。制磁石以御冲,糊赪壤以飞文。观基局之固护,将万祀而一君。出入三代,五百余载,竟瓜剖而豆分。

3 繁盛与衰落：必然性的机械运转

如果按字面的意思来解释"五百余载"，把"三代"解释为汉、魏、晋的话，我们是可以把广陵的繁盛期准确地定在刘濞的时代。但是，与其说五百年是历史上确实存在过的刚好五百年，倒不如说它是象征一段时间，而且，赋文中提到的周代和秦代（更不用说通常人们所讲的"三代"是指古代的夏、商、周）更加使我们倾向于把这座城市的这段历史放到难以确定的过去之中。

空地变得充实富裕起来；它在自己周围建起了一层保护的硬壳；最后它"瓜破"而崩溃。这是一个讲述自然的机械运转的故事，是关于开花、结果和腐烂的故事。在这段描述里，不管人的行动和人的意志怎么样，植物生长的循环过程依旧发挥着它的效用。不过，这里又有另一个故事，关于作为道德秩序的自然的故事，这个故事讲到了贪得无厌、傲慢无礼和僭越逾制，讲到了为永久的保护而筑的城墙，讲到了因果报应。这两个故事是不可同日而语的：一个告诉我们衰落是不可避免的，另一个告诉我们它可以避免。一个的情调是感伤的，另一个则是规劝儆诫的。任何想把两者调和起来，也就是说，想把傲慢和僭越作为历史循环进程中一个必不可少的阶段的企图，都会从根本上伤害道德史的故事，因为比起自然必然性来，它同事情的发展不够合拍，这种企图会使规劝儆诫无法达到目的。

作为一种文学体裁，赋尽力想把它所选中的主题的内在结构加以外化：文学作品的构成是相应自然本体的成分构成来分布的。因为自然的形式是对称的，赋也就表现出相应的对称。有繁华就一定要有凋零荒芜来相配；有过去就一定要有现在同它并举。循环往复的自然所表现出的非道德的机械运转，同道德秩序之间，也分享着这种平衡的体制（因为两者都为"天"，即大写

75

的自然所支配)。因此,赋的对称结构转化成密码,成了两种同居一体而相互矛盾的情感;它既是因果报应的平衡力,也是自然机械运转的平衡力。

在繁盛的时候,这两个故事,即关于生长不息的植物界和关于桀骜不驯、逾制非礼的故事,完美地交织在一起。然而,在两股反向的平衡力中,更能说明问题的那一股挣扎着要冒出来:这时,两个故事开始各自分开,相互并列,但是,还看不出它们相互对立。一眼望去,满目荒凉,在整个景色中占主导地位的,是挫败叛乱后留下的后果。

> 泽葵依井,荒葛胃涂。坛罗虺蜮,阶斗麇鼯。木魅山鬼,野鼠城狐。风嗥雨啸,昏见晨趋。饥鹰厉吻,寒鸱吓雏。伏暴藏虎,乳血飡肤。崩榛塞路,峥嵘古馗。白杨早落,塞草前衰。棱棱霜气,蔌蔌风威。孤蓬自振,惊砂坐飞。灌莽杳而无际,丛薄纷其相依。通池既已夷,峻隅又已颓。直视千里外,唯见起黄埃。凝思寂听,心伤已摧。

城市从平原上拔地而起,现在又夷为平地。沟壑遍地,树倒屋塌,人们的目光又能看到远处的东西了。如果说在这一段描写里,植物界的生长和凋谢的循环起了一定作用的话,那么,城市的复归并不是复归到质朴无瑕的自然。到处都可以看到人的暴力、看到稠密的人口,看到人的桀骜不驯带来的后果,他们魔鬼般地又出现在城市的废墟里,出现在动物之间。物非故物,染苍染黄,自然界已经带上了人类社会的色彩,即使是在无人居住的废墟之中,仿佛也能听到人类所犯过错的回声。再次出现的空地已经不再是当初供人在其中有所建树的空地；现在出现在我们面前的是一片荒废的土地，荆棘塞路，灰砂翻滚，满目疮痍。到处都可以看到道德的法庭对城市所作的判决。

这时，两者之间原则的对立眼看就要变为现实的对立了。体现在自然的循环往复的机械运转中的非道德的必然性，是一种重现与回复的结构。大地化为沟壑，城墙夷为平地。人可以对自然有所作为，可以使土地发生变化，然而，他们的所作所为一丝不差地为同一个循环往复的规律所支配：他们所完成的事将会被废弃，然后再重新做起。但是，如果自然是一种道德秩序，那么，人的所作所为就可以凭自己的意志影响自然的循环过程，——甚至可以造成事物的"未老先衰"。这种道德效验一定可以打破自然循环的变化和复归；它一定可以留下经久不变的印记。经久不变是道德秩序的核心，无论是对那种想独霸天下数千年的狂妄欲望来说，还是对随着因果报应而带来的断井颓垣来说，都是这样。在这一段描述中，人类的行为触目可见，它把人的罪过写进了植物界和动物界的循环中，由此而产生出一种非驴非马的形式，在其中，诗人看出了早先城市居民的控诉。

然而，就在此时此刻，当诗人应当从眼前的景象中总结出道德的教训时，他却"凝神寂听"。他看到了过去，看到了失去的繁华；所有这些财富横溢、淫乐无度的景象太诱人了，使人抑制不住那种如同芒刺在背似的欲望，即使为此犯罪也是值得的。"讽"于是转变成了"哀"。

若夫藻扃黼帐，歌堂舞阁之基，璇渊碧树，弋林钓渚之馆，吴蔡齐秦之声，鱼龙爵马之玩，皆薰歇烬灭，光沉响绝。东都妙姬，南国丽人，蕙心纨质，玉貌绛唇，莫不埋魂幽石，委骨穷尘，岂忆同舆之愉乐，离宫之辛苦哉。

死去的人是无法记起过去的愉乐和过去的辛苦的，而且，既然这样容易湮灭，就说明无论是愉乐还是辛苦，都不过是水月镜花而已。但是，就在注意到死者无法记起的东西的过程中，诗人本人却清清楚楚地记起了所有这一切，并且为我们开出了一张不复存在的和失去的东西的详细清单。汉大赋，特别是那些京都赋，擅长于详细罗列，大量铺陈事物；这种风格在鲍照这位后起的诗人身上引起了回响，他将失去的美好的东西细加罗列，这些东西即使尚有残存，也只存在于文字记载中。与王侯同舆的姬人形象和被打入离宫的姬人形象，是取材于汉代的京都景象；郡国的治所广陵同汉代的京都长安和洛阳之间，已经找不出区别来了，在没落和衰败的时代所写的赋，为了描写鼎盛时的堂皇场面，借助于汉代的京都赋而把目光转向过去，这就造成了上面所说的现象。在赋文的结尾，他并没有提供明确的答案，而是提了一个悬而未决的问题供人思考——"天道如何？"——然后就缄默不语了。

天道如何？吞恨者多。抽琴命操，为芜城之歌。歌曰：边风急兮城上寒，井径灭兮丘陇残。千龄兮万代，共尽兮何言！

鲍照感到他属于一个衰落式微的时代；他是一个身处这样的时代，而带着特殊的热情回顾昔日繁华的人。昔日的繁华引起了嫉妒的怒火和欲望——由于没有分享到他们所享受的快乐而发怒,渴望自己也能有这样的快乐。怒气表现为关于罪过和惩罚的故事,这个故事反过来又对后世讲解这个故事的人发生影响,后者站在废墟之中,为他的先人的罪孽付出代价。而欲望却表现为关于重复再现的机械循环的故事,在其中,快乐是属于自然的东西,它还会回来,重新出现;在这里,无论是景物还是后世的人的命运,都没有被染上永不消褪的色彩。然而,后世的人观望着过去,或者带着染上欲望色彩的义愤,或者带着染上义愤色彩的欲望,他们永远不可能跨越横在他们与过去之间的障碍。同杜牧的戟一样,他们只能停留在无法逾越的障碍的面前,带着遭到压抑的激情和欲望,去幻想他们本来有可能怎么样。由于无法征服以及或者占有过去,他们就只好把它表现出来,然而,在这里同样也有障碍和屏纱把他们同过去隔开。不过,在表现过去的时候,他们向我们讲述了一个故事——关于城墙和壕沟以及集中在其中的不胜枚举的快乐的故事,关于随之而来的攻破和侵入这些障碍物的、"瓜剖"的故事。

4　断　片

在我们同过去相逢时,通常有某些断片存在于其间,它们是过去同现在之间的媒介,是布满裂纹的透镜,既揭示所要观察的东西,也掩盖它们。这些断片以多种形式出现:片断的文章、零星的记忆、某些残存于世的人工制品的碎片。既然在我们同过去之间总有断片存在,思考一下它属于哪一类范畴以及它怎样发挥作用,是值得的。

一块断片是某件东西的一部分,但不只是整体的某一成分或某一器官。假如我们把各种成分组合在一起,得到的是这件东西的本身;假如我们把全部断片集拢起来,得到的最多也只能是这件东西的"重制品"。断片把人的目光引向过去;它是某个已经瓦解的整体残留下的部分:我们从它上面可以看出分崩离析的过程来,它把我们的注意力吸引到它那犬牙交错的边缘四周原来并不空的空间上。它是一块"碎片":它同整体处于一种单向的、非对换的关系中。假如留存下来的是一部文学作品的梗概、内容目录或者好几章连续不断的文字,那么,我们说,这些留存下来的并不是断片:所谓断而成片者,就是指失去了延续性。一片断片可能是美的,但是,这种美只能是作为断片而具有的独特的美。它的意义、魅力和价值都不包含在它自身之中:这块断片所以打动我们,是因为它起了"方向标"的作用,起了把我们引向失去的东西所造成的空间的那种引路人的作用。

对髑髅的观照不仅仅使我们想到死亡:髑髅的无名无姓也使我们感到痛苦。个体消失在类体之中;我们想要深入进去,发掘出个体来,但是,类体与个体之间的关系仍然是个难以解决的问题。相比起来,留做纪念的一撮头发则是一件真正的断片,它使我们想起它的主人,那个个别的人。作为死亡提醒物的髑髅是换喻物(它代表它所属的那类事物的类性或概念)。那撮头发,那件真正的断片,则是举隅物,是时间的宠儿。招魂的仪典需要死者的某一项遗物,这件遗物所起的就是断片的作用,这个断片所属的世界,本身是而且帮助形成了一条连接过去与现在的纽带。

在某种程度上,我们可以说,任何文学作品都是一个搭配齐全的整体,它自身就是一个统一体;在某种程度上,我们又可以说,任何文学作品自身并不是真正完整的,它更多地根植在超出作品之外的生活中和继承得来的世界里。每一种文明都有它自己渴望去认识的东西,也有它尽力回避、宁愿视而不见的东西,在这方面,每个文明各有不同。西方的文学传统倾向于把要表现的内容绝对局限在作品里,就像《伊利亚特》中阿喀琉斯的盾牌一样,自身就是个完满的世界。中国的文学传统则倾向于强调作品同活的世界之间的延续性。然而,除非我们曾经生活在作品写成的那个时代,让活着的世界如同作品描写它时那样展现在心里,否则,作品根植其中的那个活的世界,对后世的读者来说,就成了一片由失落而造成的空白。作品的号称属于绵延不断的活世界的语言,就成了作为断片的语言。

《圣经》可以视为是西方传统中的原型书(Bible 的原意就是

指"书"),在西方文学思想的传统中,无论是外在的方面还是内在的方面,它都被用作写作的典范。它是有形的、可以随身携带的万物之道,相当于上帝心目中的生活世界。《圣经》有完整的时间结构,它以"起初"作为《创世记》第一章的第一句,以日子将要到头时的《启示录》来结尾。没有忽略任何真正有意义的东西:这是一篇内部完整的文字。

《圣经》的自身完整同亚里士多德派强调内部整一性和必然性的主张融合在一起,形成了西方文学和西方文学思想中占主导地位的观念。对什么是完整和什么是内部整一性的解释发生过变化,但是占主导地位的仍然是这种观念。因此,当德莱顿(Dryden)在他的《论剧体诗》中反驳新古典主义对早期英国戏剧的抨击时,不是摒弃完满整一性的观念,而是对整一性作了更为复杂的解释。

> 我们的戏剧除了主要的构想之外,还有同不太引人注意的人物和剧情有关的次要的情节和偏离正题的东西,它们随着主要情节的发展而发展:正如人们所说的天体,它们就像在其中有一定轨道的星球,虽然它们有自己的运动,但还是在天体运动的作用下公转,它们属于这个天体。在英国的舞台上完全可以看到相似的表现;如果相反的运动就其性质而言可以相成;如果星球可以同时既朝东又朝西——一方面借助它自身的运动,另一方面依靠始动者的力量,那么,不难想像,次要情节随着主要情节的发展而发展是很自然的事,前者同后者并不对立,它们之间只不过是有区别而已。

诗人据以形成他的"主要构想"的模式，在这里说得清楚得不能再清楚了。

有人可能会反对说，自从浪漫主义时代以来，"高雅"文学似乎已经转向注重于不完整和不对称了。然而，这种转变的根源是一种浪漫主义的断片理论，这种理论所说的归根到底并不是真正的断片，它不过是较早的完整和整一性理论的一种新的变体而已。德国浪漫主义者诺瓦利斯（Novalis）的《诗人圣殿》中的"花粉"，写的就是这种假断片。

> 还没有人发现过写书的艺术，然而它快要被发现了。这种断片是文学家播下的种子。其中自然有许多瘪种——然而，总有一些会生根发芽！

这种理论断片的涵义同样也适用于在浪漫主义时代已经初具规模的抒情诗；现代人钟情抒情诗（通常人们把抒情诗用作诗的代名词），同这种浪漫主义的断片理论不无关系。然而，我们在这里看到的不是真正的断片而是种子，种子把整体作为未来的可能性包藏在自己体内。它是处于胚芽状态的神性的逻各斯，盼望播到读者的心里时完满地实现它的未来的可能性。

儒家典籍是由若干部不同的经书组成的，它们所起的作用与《圣经》相仿。西方的那种上帝循之以创造世界和《圣经》、诗人循之以舞文弄墨的方式，在这些经籍中是找不到的。最称得上有相似之处的，要算是《易经》了，它系统地记载了所观察到的物理世界的状态。不过，我们可以看到，经典的权威主要不是来自系统的说明，而是来自编辑时的独具慧眼的选择：就像孔子在整理修订《春秋》时选出有意义的事件和言简意赅的词句,或者他在编订《诗经》时从篇幅更大的诗集里选出有代表性的诗篇(以及在编选《尚书》时对文件、文献的处理)。不过,最能体现人的思想和一个人的个性的要数《论语》,它记载了孔子的言论。

  《论语》贮藏的满是断片,这是最值得注意的,这些断片就是孔夫子的弟子们碰巧听到、记得和保存下来的他的一些话。这些弟子们转述了一位"述而不作"的人所说的话:现在轮到他们来"述而不作"了。每当我们读到《论语》时,我们就会想到,孔子在他的一生中还谈起过许多别的有价值的事,他智慧的别的断片现在已经丢失了。更重要的是我们会想到,我们现在读到的,也不是孔子就这件事所能说的全部的话,他本来有可能对这件事再说上许多,已经说出的这些话只不过是根据情况随感而发的,导致他说这些话的智慧远远超出于这段具体的言辞。这种类型的言简意赅的言辞,是一种标志,表明它们是不完整的,它们的寓意比它们自身更为深刻。由于这些言辞是片断不全的,我们的注意力就被引向那个已经一去不复返的生活世界。传统注释家所做的工作就是用这些言辞搭起一个框架——既用通常的注释方法来注解,也提供个人生活的和历史的背景以及臆测的具体场合,以告诉我们孔夫子为什么这么说,是对谁说的,谈话对象对他的表达有什么影响,在什么环境里有可能会引出这样的反应来。

  同《圣经》一样,《论语》也是一个意义深远的表率,几千年来它一直在教导读者应该怎样去理解另一个人的思想。当你能够从只有经验丰富的眼睛才能勉强辨认出的地方,得到作品的表面拒绝提供给你的那种智慧和深沉的感情时,你就得到了为"含蓄"设立的奖品。作品本身是不完整的;只有在我们面向那些失落的同外部的关系时——同作者、环境和时代的关系,它才变得完满了。

中国的古典诗歌是从《诗经》里的诗延续下来的;它们同《论语》里断片状的格言之间也有血缘关系,这一点承认的人就比较少了。如果说,西方的诗人暗地里希望成为类似在错综复杂的主要情节中能控制局势发展那样的人,或是在世界播下种子的人,那么,中国的诗人则暗地里希望能成为圣人。诗人的用语同孔夫子的用语一样,都是为了把读者领向某种隐而不露的深处;它们只不过是从一个已经作古的、生活在他自己时代的、性格和社会关系丰富的人身上残留下的断片。虽然古典诗歌有整一的形式,它还是把自己作为更大的、活动的世界中的一个部分。由于这样,它断言自己的内容是有省略而不完整的,断言它的界限割断了它的延续性;这就提醒了读者,告诉他们有鸿沟等待他们去填补。

有的诗人看到了语词无法完满地表现周围的环境,无法尽数记载它们所应记载的感情,他们高贵而勇敢地接受了事情的真相;他们把他们的读者出其不意地抛进诗里,然后再拽出来,读者还在寻找答案,仍然没有得到满足。

为了搞清楚对我们来说这样的诗人如何在死后继续存在,我们不妨来看一看对他们来说其他人是如何在死后继续存在的。我们要寻找的是重复的叠影,是断片与断片衔接的链条。我们要物色的是一则描写当时经验的用诗表现的断片,这种经验又同接触到来自更古的过去的断片有关。李贺(790—816年)的《长平箭头歌》就是一首这样的诗:

追 忆

  漆灰骨末丹水砂,
  凄凄古血生铜花。
  白翎金簳雨中尽,
  直余三脊残狼牙。
  我寻平原乘两马,
  驿东石田蒿坞下。
  风长日短星萧萧,
  黑旗云湿悬空夜。
  左魂右魄啼肌瘦,
  酪瓶倒尽将羊炙。
  虫栖雁病芦笋红,
  回风送客吹阴火。
  访古汍澜收断镞,
  折锋赤璺曾封肉。
  南陌东城马上儿,
  劝我将金换簝竹。

  他一下子把我们抛进去,让我们去面对事物,面对它现在的模样。"漆灰"、"骨末"、"丹砂",他用来称呼事物的不是事物本身的名称,他用的每一个名称都同其他名称相互否定,没有一个是这件物品的正名。这些误名把我们带进了李贺的思想活动中,他自己对物品的性质也还琢磨不透:他拿着一块有一定形状但是不知为何物的东西,这块东西以前显然是某种物品,然而现在却失去了原有的外形,无法把它归类,难以准确地称呼它——烟黑色的"漆灰"(漆是用在盔甲上的);星星点点的白斑也许是细碎的骨渣；"丹砂"则是指干了的血痕留下的锈红色。凡是有过从地下拾起一块年代久远的金属物的经验的人，都会理解这种不确定性，这种不确定性在这里表现为隐喻，表现为试图揭去外层假象的猜想。凡是有隐喻出现的地方，总会产生这件事物究竟"是"什么这个问题。然而，在知解的过程中，这些误称不是没有意义的；它们在弄清事物究竟是什么的进程里，朝正确的名称迈进了一步：灰炭是燃烧后的剩余物；骨渣是死去的而且已经风化的东西留下的遗迹；丹砂则来自汞矿，人们把它作为药物服食，以求在物质世界中长生不老。对于箭镞它们是误称，作为断片它们则是正确的引路者，它们是物质世界中的幸存者，使人们回想起碎裂和瓦解的过程。

我们最初用不止一个名字来描绘它，这是一块其外形会使人产生误解的东西，它表面的外形渐渐被揭开，物体的真实面貌逐步显露出来。"凄凄古血生铜花"。这里的"凄凄"指的不只是寒凉悲伤之情，它也指围绕在物体四周的一种情态，古代金属在手指上的阴冷感使得心里涌出一阵阴沉忧郁之情，一阵寒栗从手指传遍持物者的全身，孤零零的物体再加上荒寂的景色，这些都构成了这种情态。揭去外形的污垢，我们看到了金属物，不是黄灿灿的铜而是发绿的铜，在锈迹斑斑的铜绿中，有的地方已经腐蚀发烂了，这些地方留有血迹，血迹在铜绿之中犹如"花朵"。这里是死去的东西与新的生活的接触点，生活虽然是新的，但已经受到玷染，已经变了色：绿色的花朵是由红色的血迹导致的腐蚀留下的斑痕，由它们开始而使物体失去了原来的面貌，成了我们手里的这块东西，正如茂盛的谷物遮盖住了周朝都城的遗址一样。这些铜花生出的准确时间在历史上是有记载的，当时，赵国的大批降卒被秦国的军队坑杀于长平战场。在这些铜花之下隐藏着这一历史事件,铜花把它保存下来,它们是永不褪色的。

在除掉表面污垢以发现其中存在的东西的同时,他也发现了其中已经失去的东西,"白翎金簳雨中尽,直余三脊残狼牙。"血带来了花朵,雨却引起腐烂。诗人在心中把已经腐蚀掉的东西重新构建起来;箭杆曾经从凶残的秦军的弓上射出来的,秦国当时被人称为"豺狼之地"。"狼牙"就是这一史实的断片。

我们揭去污垢而得到的物体已经不再是一件完整的物体,一个以其全貌展现在我们面前的对象,然而,也不再是一块浑然不知其为何物的东西。它是一个引路者,把我们引向由于失落而造成的空白,它是一个抓得住的具体对象,由它而生发开去,我们可以找出一连串互为依附的东西来:箭镞连在箭杆上,箭杆上又连着羽毛,沿着羽毛飞行的轨迹,又可以找到豺狼之师手中的弓,豺狼之师又来自秦国这片豺狼之地,在箭杆上留有狼牙的痕迹。当一个人面对这件物体,除掉它表面的污垢以发现它所失去的同过去的联系时,这里又出现另一部历史,一部发现箭镞的历史。这个故事他能从头给我们讲起。在写了揭示物体内容的头四行诗之后,他跳到了发现箭镞的故事上,这个跳跃是一种含意深长的间断,它使我们了解到面对断片时的思想运动。我们被抛了回去,竭力想要在原始的完整和具体的环境里为断片找出它应有的位置来。这件物体既是一部失落沉淀的历史,也是一部寻而复得的历史。

他对我们讲的故事是他在原野里同一群鬼相遇的事,在这片原野上笼罩着古代蒙难者的阴影。这些鬼饥肠辘辘,无处觅食;没有人祭奠他们,没有人关心他们,没有人认为自己应该对他们负责。而李贺却下了马,给他们喂食——把羊肉提供给狼牙的牺牲品。在做完了祭奠和回忆的事之后,他发现了箭镞。

在中国大部分叙事作品里都可以找到相互呼应的韵律,即使是类似这一首诗的这种不完整的、以诗的形式来叙事的作品,也是这样:诗中出现一个行动,就会有另一个具有相应性质的行动来呼应它。我们无法不认识到,发现箭镞是对他的某种报偿。这种报偿还需要他自己再作些加工,它是用来报答他对饥饿的死者所做的善事。"访古汍澜收断镞,折锋赤璺曾刲肉。"

我们又看到了我们的对象,它不像我们最初看到时那样是排列在一起的几个隐喻,现在,它像是一系列相互连锁的关系——像是饿鬼同诗人的关系的一个象征,像是一个泫然流涕的场合,像是古战场上的一个死者。很难说它还称得上是一个箭镞;镞尖折断了,镞体上满是裂缝,上面似乎还沾着古代的血迹,仿佛它曾经造成的伤口已经同它连成了一体。发现这件"物体"的过程所揭示出的不是它的物性和它远离人的世界的独立性,与此相反,是它同人的种种复杂的结合。

正当发现的过程处在最激烈的顶点,在突然认识到这件"物体",这块表面满是污垢的断裂的金属曾经刺入人的肉体的时候,他把我们从古战场上拉开了。突然之间我们又进了城市,身边是一个骑在马上的年轻人,他提出要拿东西来换箭镞。背景和情调的这种急剧转折引起了许许多多的解释,也有人认为原文有讹误,提出应当加以校订。在这里,我们不必去考虑哪种解释更为正确,应当关心的倒是十几个世纪以来读者所遭受的困苦,这种困苦使得评注者们拼命想找出某些方法来缓和最后两行诗所带来的震惊。无论是说有人建议李贺买一根竹竿以便让箭恢复完整,还是说有人愿意向李贺提供一只还愿的竹篮，用它可以为死者上供，在这种煞费苦心的注释中，我们都可以感到，用它们来合理地解释这种转变是有困难的。

场景的转变标志着情态的转变，而且，我们到处都能见到这种出人意料的对比：同饿鬼和被人屠杀的青年的相遇，与城里的富家少年形成对比；对死者的自发的回忆和祭奠（箭镞就是对此回报的象征），与富家少年提出的交换物形成对比。然而，最有力的对比是在箭镞自身的蜕变之中。它是一个神秘的对象，诗人逐步从其中揭示出历史所占的分量；它是诗人同古时的死者之间复杂关系的一种标志，是人类过去的一块断片；对于不知底细的人来说，它成了一件商品，最多也不过是一件纪念品。在此之前它已经有了不少名字和误称；在这座城市里它的名字是"商品"。

他让我们继续寻找答案，让我们对自己的理解感到没有把握。诗已经写完了，但是，同箭镞一样，它把自己展示为一种标志，这种标志代表了一种把我们自己也卷在里面的关系。在这里他没有像在别的地方经常做的那样向他的读者大声疾呼，而是倾听别人的、鬼的哭诉。在结束他的诗的时候，他通过东城马上儿警告我们，谁要是不能倾听这些哭诉，不能透过这块断片看到它的真正意义，这样的人就是丑恶不足取的。在这个富家少年身上，我们看到了目睹断片而懵懂无知的例证，在他眼里这块断片只是物，只是商品。

断片最有效的特性之一是它的价值集聚性。因为断片所涉及的东西超出于它自身之外，因此，它常常拥有一定的满度和强度。从破碎的草纸上我们发现了许多片断不成句的希腊诗，一行诗里，有的剩下开头，有的剩下中间，有的剩下末尾。不少学者重新谱写了这些诗歌,他们想让我们从中得到同诵读一首完整的希腊诗时所能得到的经验相类似的东西,然而,没有一首重写的诗比埃萨·庞德(Ezza Pound)对萨福诗残文的著名译解更为神奇的了:

  Spring …
  Too long …
  Gongula …

在现代诗歌里这种省略法成了极易取巧的把戏,不过,在我们所说的情况里,略而不言使得残留下的断片有了某种特殊的强度,这种强度不是光凭语词就能得到的,即使是整首诗都留存下来,它也未必具有这样的强度。

  由此我们得到一种关于沉默的美学,关于说出来的语词、说过又失去的语词以及没有说充分的语词的美学。不过,在诗歌里,沉默美学只有通过语词才能够表现得出来。就它最基本的形式来讲,沉默美学同断片并没有本质的联系。它要求有一个不说话的人物,或者一个在该说的话还没说完就停住不说了的人物,还要有留心到这一事实的叙事者。这种沉默在西方传统里最有名的例子,大概要算《奥德赛》第十一卷里在俄底修斯面前的埃阿斯的沉默了;他是位拙于言辞的勇士,由于无言而逼近死亡,最后却发现了无言之中的雄辩。在中国的传统中,白居易在《琵琶行》里也发现了相似的沉默的力量,女乐手在奏完一曲后停了下来:

> 别有幽情暗恨生,
> 此时无声胜有声。

白居易把事情限定在"此时",这就对我们讲出了基本的真情;它的力量不是来自它本身,而是来自它的氛围。

诗人所以会创造出无言的雄辩,在他自己来说,是因为除了在本来可以继续写下去的地方停住不写外,他想不出更好的办法。在诗文中它表现为演进过程中的间断、裂隙和省略。沉默可以表示情调、主题、背景或意向的一种突然的转变,读者的注意力准确无误地被引而不发的东西吸引过去。不过,诗歌中最常见的是出现在一首诗的结尾的沉默,在落入诗的结尾很容易落入的俗套之前就同语词分手。这样的沉默为诗人提供了一种可以利用的形式,使他可以把诗的不完整作为来自生活世界的一个断片,而发掘出它更深一层的涵义。

写成的诗歌是丰富的生活世界的一个断片,这种许诺在即兴诗中表现得最为强烈。在这里,结尾处的沉默本身就是一种寓意,就是许诺感情在读完诗之后仍然会延续发展下去,白居易的《舟中读元九诗》就是这类诗的一个例证:

> 把君诗卷灯前读,
> 诗尽灯残天未明。
> 眼痛灭灯犹暗坐,
> 逆风吹浪打船声。

首先我们必须认识到,这首小诗确实是为元稹写的;如果说白居易把它拿给我们这些后世的读者看,那看来也是他事后才想到的,而且不是把这首诗作为一件艺术品,然而,正因为如此,当我们在一旁听他对元稹说话时,我们了解到了他同他最要好的朋友之间的关系。白居易对元稹谈起的,与其说是一个真实的时刻倒不如说是时间长河中的一个断片。这首诗有叙事的各种要素,但是它没有叙事的内在的整一性;它的两端都呈开放状——通向他的生平、他俩在此之前的关系、白居易所收到的元稹的诗以及他的诗将会为元稹收到这件事。它不折不扣地是来自更长的延续性中的一则断片;如果不这样写,元稹就有可能误解他的意思。由于把这首诗仅仅作为一则断片而寄送出去,白居易就能够让元稹明白,无论是读还是写,过后他都继续在思索。

中国文学作为一门艺术,它最为独特的属性之一就是断片形态:作品是可渗透的,同做诗以前和做诗以后的活的世界联结在一起。诗也以同样的方式进入它的读者生活的那个时代、元稹和后世的读者大声朗诵白居易的这首诗,这首诗是在大声朗诵元稹的诗的基础上写成的,而这些诗元稹早些时候曾经一边写一边大声朗诵过。我们能感到诗的情态在继续发展,所以会产生这种情态,是因为我们明白了元稹诗的情态是如何继续发展的。这种延续性的最神秘的一面,也许就出现在当白居易停止朗读、侧耳倾听的那个时刻,出现在新的沉默中,这时只有水浪拍打船侧的声音,就在同一时刻,我们的朗读声也停了下来,我们倾听着从我们自己的新的沉默中传出的声音。这一首特定的诗教会我们应该如何去读它,如何去读所有的诗,它超越于诗的时间性之外,向我们指出了围绕着它的生活世界以及在它之中的内在的感情世界。没有人告诉我们元稹的诗说些什么,也没有人告诉我们白居易读到它们时的感受如何,我们看到的只是一则表面的断片,而这则断片却足以使我们朝整体延续下去。

他展开诗卷,大声朗读,在灯光下一首一首地读着,一直读到"诗尽灯残",读到"眼痛",同结尾的那句诗一样,在这里也可以感受得到这首诗的力量。某些东西把我们同物理世界联系起来,在物理世界里我们老是遇到终结和限度:诗卷到头了,灯油快点完了,眼睛的承受力几乎到顶了。然而,每一次快要终结时,每一次快到限度的临界点时,都转换成一种延续性。他熄灭了灯光,东方却已经晨曦微现。他灭了灯是想休息一下,然而却没有休息:他坐在黑暗中。他的朗读声停住了,然而水浪声仍然哗哗作响。

最后一句诗与其说是"情语",不如说是"境语"。如果白居易在最后这句诗里用上类似"我伤感地听着……"这样的词句,那么,摆在我们面前的就不会是一首出名的绝句了,它只会成为这个时代成百上千首伤感的绝句中的一首而已。在它现在的形态中,最后一句为人们提供了一种不完整的状态。它省去了,而且在省略中寻找着某个以特殊的心理状态在聆听的人。它把我们的注意力抛出它自身之外,抛向此时此刻的感受。它仅仅是一则"断片",只不过是整个境遇的一则碎片;最后一句是延续性在形式上的具体化,正像不断拍打着船侧的水浪是延续性的形象化,以及白居易坐在黑暗里是一个为他仍然在继续想他的朋友提供证据的行动一样。白居易没有把当时的情况全都告诉元稹,没有告诉他全部有形的细节,也没有告诉他自己的全部心理状态;因此,他寄送出去的只是一则断片,它让读者知道自己是断片,把读者的思想引向它自身之外。

落入歧途

整体的价值集中在断片里：它是充盈丰满的。然而，正如其他的价值集聚点一样，价值有可能逐渐变成为似乎是象征物自身的属性。我们反过来通过拥有象征物来谋求价值。如果我有黄金，我就是"富"；如果我把它花完了，我就成了"穷"。一旦离开了借以栖身的地方，价值就不成其为价值，就无价值可言。因此，断片把特殊的氛围出借给知道该怎样理解它的人，它能够成为具有独立机能的价值的象征物；只有神志惛窳的人才会忘了它所象征的是什么。

这是一种引人入彀的东西：人们有可能在无意中就轻易被它吸引过去，李商隐（约812—858年）在一次酒宴上落入歧途，大概就属于这种情况，它的结果就是《花下醉》：

> 寻芳不觉醉流霞，
> 倚树沉眠日已斜。
> 客散酒醒深夜后，
> 更持红烛赏残花。

"残花"的"残"可以大致解释为"最后"，这个词不为人觉察地把这些对于断片的片断的沉思统一起来了。"残"把"毁灭"和"消逝"的意义同"存留"的意义结合在一起：因此，在最后一行诗里我们不能肯定"残花"究竟是指撒落在地上的开败的花,还是指花枝上仅存的花。然而,不管他看到的断片是处在哪一种状态,他都不是就花而看花的,他所看到的是它同先前花团锦簇时的一种联系。

他曾经同其他人一起来观赏过这棵树上满枝的花朵;这应当是一次短暂的、与人共享的经验。然而,他喝着使人醉生忘死的流霞酒,没有留意于时光的流逝。这是一个为了忘却,为了对某些事有所"不觉"而痛饮的人;尽管我们在得出他是有意把这段经验阙而不言的结论时或许还要踌躇一番,然而,我们在表达事情这种方式里,确实可以觉察到某种骄傲和愉悦。在李商隐的诗的背后,我们辨认出了李白的《自遣》诗中的那个孤独的饮酒者:

> 对酒不觉暝,
> 落花盈我衣,
> 醉起步溪月,
> 鸟还人亦稀。

这是一个经过选择的角色:只剩一个人,别人都散了,只剩他还在徘徊,他在这里徘徊,是为了再看一眼最后剩下的花朵,别的花朵都已经开败了,撒落在地上。同《黍离》中在湮没的周都废墟旧址上独自踱步的那个人一样,这也是一个因为特别热爱残存的遗物而与众不同的人,所不同的只不过是一个倾心于历代王朝的遗址,一个钟情于春日的残花。这样的人既因为可能遭人误解而感到害怕,又因为可能遭人误解而感到骄傲。诗歌是一种工具，诗人通过诗歌而让人了解和叹赏他的独特性。

无论是在李白的绝句里还是李商隐的绝句里，我们都读到了"不觉"，这个词使得整件事看上去似乎只是出于偶然。然而，他们需要把这一点告诉我们却又使得我们不能不有所怀疑，特别是当我们读到他们自称独自一人在黑暗里和落花中感到快乐时，尤其是这样。

我们逐渐认识到，李商隐宁愿要断片而不是整体。"残花"作为花，并没有什么与生俱来的更美的东西；它们的价值就在于它们是"最后的"，在于它们同另一段时间的一种联系。不过，黑夜里烛光照亮只有稀稀落落花朵的花丛，这幅残破不全的景象比起大白天盛开的花簇来，更有它的魅力。在这种特殊的美里，孤寂感是必不可少的；参加酒宴的其他人都已经回家了。然而，通过诗来告诉别人美就美在只有他一个人，同样也是必不可少的。

断片的美学同一种独一无二的感受力是密不可分的：一种通过诗歌展现在公众面前的、最为优秀的个人的能力。在这样的诗歌里，诗人植入了他自己的形象，他希望别人能看得见他。我们回想起了白居易一个人坐在黑暗中，听着水浪拍打船帮的声音；我们回想起了李贺，他与东城少年不同，懂得箭镞的真正价值。在《论语》里，仲由受到孔夫子的赞扬是因为他听到事情的"片言"就能够"折狱"。理解断片和不完整的事情的能力，是同一种卓越的特殊个性连结在一起的。

这里显然有一种危险，一种引人入彀的诱惑：欣赏和理解断片的能力有可能仅仅成为感受力的试金石，成为偏离正道的自我炫耀。可能有人会不再关心把我们引向"他物"的失落的整体，

追 忆

就断片而论断片,把断片仅仅视为用以回顾理解它自身的东西。在李贺的诗和白居易的绝句里,事情还不是这样,但是,在李商隐的诗里,我们可以看到事情确实开始不知不觉地走下坡路了,在其中所有的事都回归到自身,感觉力与其说是知解的途径,还不如说是自我的标榜。至此,断片仅仅变成一种支柱,借助于它,诗人的感觉力才能占据中央舞台,诗人带着虚假的惊讶,声称他居然没有觉察到只剩下他一个人了。

5 回忆的引诱

通过回忆,我们向死去的人偿还我们的债务,这是现在的时代对过去的时代的报偿,在回忆的行动里我们暗地里植下了被人回忆的希望。然而回忆也能成为活人的陷阱。回忆过多就会排挤现实。这种情况出现在内在的、不召而来的回忆里,每当这种情况出现时,无论转向哪里,面前都会涌现大量的过去的事。同样的危险也出现在回忆的外在化中,一种奇特的赋予回忆以定型的行为;这是一种好古的激情,在其中,过去的价值体现到某些具体的古物之中,而且,在其中,保存的行为不知不觉地转变成了获得的行为。

如果我们假定这些回忆的引诱,无论是内在的还是外在的,都出现于一部收藏史里,一部费力地把藏品收集来又痛心地一点一点丢失掉的收藏史,如果我们再进一步假定,写下这部收藏史的不是那位主要的收藏家,而是他的妻子兼合作者,她本人参加了收集,是一位鉴赏家,然而由于保持有一定的距离,能够看出人在这部收藏史中所付出的代价。如果我们随后再把她的这种复杂的回忆行为放在当时的现实中,这个现实不是凭借回忆就能拒之门外的,它是一个正在衰亡的朝代,收藏品的流失就发生在这样的背景里,是这个朝代的衰亡导致了它们的流失。于是,李清

追 忆

照随着这幅场景的出现而出现了,时间是 1132 年,她正在为她丈夫的《金石录》写后序,这部书是她丈夫功垂久远的金石研究所仅存的硕果。

金石上所写的是碑文和钟鼎文之类的东西;这些铭文无非是希望永垂不朽,希望得到后人的纪念,不外乎一些老生常谈。李清照的丈夫赵德父用纸拓下了这些刻在金石上的、渴望不朽的铭文,还为它们写了题记,因为他知道,需要有学识的人在铭文全都销蚀掉之前,花费心血来尽力保存它们。金兵的入侵使北宋王朝趋于崩溃,保存铭文的人连同石刻鼎彝一起化为乌有。李清照在她的《后序》里记下了这些事,这篇《后序》本身就是纪念的奉献,其中刻下了她的怀疑,怀疑做这样的事是否值得,怀疑这样做是否真能达到传诸后世的目的,这是一份遗嘱,其中交织着悲苦和情爱。

> 右《金石录》三十卷者何?赵侯德父所著书也。取上自三代,下迄五季,钟、鼎、甗、鬲、盘、匜、尊、敦之款识,丰碑、大碣、显人、晦士之事迹,凡见于金石刻者二千卷,皆是正伪谬,去取褒贬,上足以合圣人之道,下足以订史氏之失者,皆载之,可谓多矣。呜呼,自王播、元载之祸,书画与胡椒无异;长舆、元凯之病,钱癖与传癖何殊?名虽不同,其惑一也。

文章的开头与其说是一篇前言或者后记,倒不如说是为一部书写的一则题记,为一本题记集所写的一则题记。文章是用问题起首的:"这究竟是一部什么书?"等读到这篇《后序》时,读者或许已经浏览了全书,对所读到的究竟是什么已经有了某种概念。《后序》先是对博学广识做了预料得到的褒扬,紧接着却劝诫人们不要去效仿它,因为这种笃志不倦的博学广识所表现出的是一种令人厌恶的愚昧,这就使得读者愕然了。当读者继续读下去时,他发现,这里记载的并不只是器物,它记载的是一部有关搜集、保存和丢失的复杂的历史。他发现,在这些"显人晦士之事迹"里,"显人"赵德父和"晦士"李清照的事迹也包括在内。对各朝历史的判断不但记载在史料里,也记载在关于它们的编写以及它们在大量史料散失后得以仅存的故事里。不只是铭文中有褒贬,在讲述拓制它们的过程中也有。所有这些品位高雅的、费尽心血的努力都是浪费和执迷不悟:《金石录》中的这些文字同其他的嗜癖没什么两样;倾注于其中的热情并不比其他的热情高明。她认识到这个事实,并且告诉我们她认识到了,然而,她还是热忱地潜心在残留下的东西里,为它写了后序,为了后代而把它付梓刊行。

> 余建中辛巳(1101年),始归赵氏。时先君作礼部员外郎,丞相时作吏部侍郎,侯年二十一,在太学作学生。赵、李族寒,素贫俭,每朔望谒告出,质衣取半千钱,步入相国寺,市碑文果实归,相对展玩咀嚼,自谓葛天氏之民也。

在她故事的第一部分里,满是对过去纯真美好情景的描写——她的婚姻、赵德父的学生生活,年轻的新娘同她的丈夫共享的纯真的欢乐。对节俭的形容在她的故事里自始至终都相当突出,从经常要"质衣"去购买灵碑拓,到她谈及的没有寻常做官者家里常有的那些奢侈品,再到赵德父去世后她所面临的显而易见的拮据窘境。不过,从她提到的许多细节来看——他们藏品的范围和数量,两家的家产,书籍的精良装订,为了收回被窃走的书画砚墨而出的重额悬赏——这些都说明,她的生活即使谈不上豪华,至少也还属于殷实之列。

节俭的话题反复出现是出于对命运循环的恐惧,财富预示潦倒,积聚是散失的先声。她给她自己和她的丈夫稍微化了一下装,把自己打扮成穷学者,这是对富裕无可避免地会带来的贫穷所作的一种徒劳无益的抵抗。这对夫妻不去追求精食美衣和周身漂亮的首饰,而去搜集好书好画和古器。但是,一到东西开始散失,她就发现书画古物同普通的富人装饰物一样容易散失,它们的散失一样让人痛心。她在这里反复地像人们经常做的那样,用贫穷来装扮自己,然而,她已经告诉我们,她知道得要更透彻一些,她知道这种嗜好同钱癖没有什么不同:"其惑一也。"

在李清照的回忆里,书画古器并不只是书画古器,它们凝聚着她与赵德父共享的往事。这就是"果实"的意义所在。赵德父从相国寺带着碑拓回家的事实并不使我们惊讶,使我们惊讶的是李清照居然能够回想得起他带回家的是碑文和果实。读到这里,与其说我们了解到的是有关赵德父的事——说到底,他带一些水果回家并不奇怪——倒不如说是有关李清照是如何回忆的这件事。在她的记忆里,比起同赵德父一起展玩碑文而享受到的欢愉之情来,得到碑文这件事并不重要,在展玩碑文的过程中,"咀嚼"果实起着不容忽视的作用。

"咀嚼"这个词不仅有字面上的咀嚼果实的意思,而且也有比喻的"玩味"、"思索"碑文中的词句的意思。有了这个词,慢慢地品尝水果的甜味与慢慢地欣赏碑文的意义两者就能够合二而一了。收集、吃食、学习——所有这些缓慢地吸收和摄取的愉悦,在"咀嚼"这个词中结合到一起来了。在《后序》的后面,"咀嚼"书的乐趣取代了佳肴珍馐,说不定也防止了吃得太好会给他们带来的危险;然而,这样的替代物却不能真正使愉悦之情延续下去。"自谓葛天氏之民","自谓"两个字就表明这是他们的错觉,是年轻人的无忧无虑的盲目感,现在李清照认识到究竟是怎么回事了。

  我也想"咀嚼"一下最后这句话。说到"葛天氏之民",人们会想起陶潜的著名的《五柳先生传》的结尾来,这是不会弄错的。对李清照来说,回忆到陶潜这篇文章所拥有的力量,要比仅仅唤起人人都生活在抱朴守真、自得其乐之中的葛天氏时代这个原始的、神话中的过去来,要有力得多。同李清照的《后序》中回想起《五柳先生传》的这一节文字一样,《五柳先生传》也谈到读书的乐趣,谈到刻苦研究同不求甚解偶有会意之间的区别。在这里我们也读到因为读书的乐趣而欣然忘食的事,其中有关于满足于简朴生活的描写,还写到了黔娄之妻的告诫。当李清照描写她同赵德父的初婚生活时,在她的脑海里,她的历史,她对已故丈夫的劝诫,她简略地描述的那些作为她同她丈夫共同工作成果的有价值的东西的得而复失的过程,它们的潜在意义已经包含在《五柳先生传》里了。

五柳先生传

陶潜

  先生不知何许人也,亦不详其姓字,宅边有五柳树,因以为号焉。闲静少言，不慕荣利。好读书，不求甚解。每有会意，便欣然忘食。性嗜酒，家贫不能常得。亲旧知其如此，或置酒而招之。造饮辄尽，期在必醉。既醉而退，曾不吝情去留。环堵萧然，不蔽风日，短褐穿结，箪瓢屡空，晏如也。常著文章自娱，颇示己志。忘怀得失，以此自终。

赞曰：黔娄之妻有言："不戚戚于贫贱，不汲汲于富贵。"极其言，兹若人之俦乎？酣觞赋诗，以乐其志。无怀氏之民欤？葛天氏之民欤？

《五柳先生传》暗地里陪衬着她同赵德父一起生活的每一个阶段。这里写到的那种不慕荣利的怡然自得，渐渐离开这对夫妻而遁行远去了。在婚后最初的日子里，他们的欢乐看来是单纯的；然而，当他们咀嚼着这些古旧的书画碑文时，赵德父越来越把它们当作一回事了，他过于顶真了，以致失去了原先觉得这些藏品的闲适之情，陷到对荣利的计较里去了，在其中，他失去了自己的生命，也几乎失去了自己的令闻广誉。丈夫和妻子各人以各人的方式，都成了回忆的牺牲品。

后二年，出仕宦，便有饭蔬衣练，穷遐方绝域，尽天下古文奇字之志。日就月将，渐益堆积。丞相居政府，亲旧或在馆阁，多有亡诗、逸史、鲁壁、汲冢所未见之书。遂尽力传写，浸觉有味，不能自己。后或见古今名人书画，三代奇器，亦复脱衣市易。尝记崇宁间，有人持徐熙牡丹图，求钱二十万。当时虽贵家子弟，求二十万钱，岂易得耶！留信宿，计无所出而还之。夫妇相向惋怅者数日。

> 后屏居乡里十年，仰取俯拾，衣食有余。连守两郡，竭其俸入，以事铅椠。每获一书，即同共校勘、整集签题。得书、画、彝、鼎，亦摩玩舒卷，指摘疵病，夜尽一烛为率。故能纸札精致，字画完整，冠诸收书家。余性偶强记，每饭罢，坐归来堂烹茶。指堆积书史，言某事在某书某卷第几叶第几行，以中否角胜负，为饮茶先后。中即举杯大笑，至茶倾覆怀中，反不得饮而起。甘心老是乡矣！故虽处忧患困穷而志不屈。

在表现心满意足的逸事中不时重复提到"忧患困穷"，这是对即将来临的风暴的一种无力的抵抗：我们透过褴褛衣衫的假象，看到的是一种富足的、共享欢乐之情的舒适生活。这时是在搜集的阶段，然而《后序》回想起的与其说是搜集到的东西，不如说是搜集带来的欢乐和涉及的经济问题。奇怪的是，她惟一想到的具体的物品是他们没有弄到手的徐熙的牡丹图。假如他们当时能够筹措到钱把它买下来，它也会随着其他的藏品一同流失，不会在这里留下记载。它留存在记忆里是因为没有弄到手，其他弄到手的东西反倒没有提起。它在《后序》中的价值不在于它是一件艺术品，而在于它是一种特殊的场合，这个场合揭示了他们对书画、艺术和古物的共有的热情，揭示了由于与它失之交臂而使得"夫妇相向惋怅者数日"。到手的东西丢失了，它们同样从记忆中丢失了；失去的东西现在却保存在记忆里。这就是记忆的本性，在这里以及整个《后序》里，凡是涉及到失去的东西和力有不逮的东西，都可以看得到这种本性。

丈夫和妻子都是学者和鉴赏家，常常对指摘疵病和是正伪谬全神贯注。为了毫无缺憾地保存过去，他们进行修补和校勘。然而，我们可以看到，这种举动是具有双重性的，它是娱乐和严肃工作的统一体，这种统一体我们在《五柳先生传》所描写的不求甚解而每有会意的读书法里已经看到了。传道闻教不是一件沉闷无聊的事，而是从中能得到快乐的场合。记忆力不是用来帮助学童免于丢人现丑；它成了一种游戏的工具。夫妻之间的竞争是两个平等的人共享的良辰，是嬉戏欢闹的场合。所以提到书和茶，是为了表现出当时的欢乐场面。这里的建筑被名之为"归来堂"，是出于陶潜那篇著名的《归去来兮辞》——在其中陶潜选择了自由和真朴，而不愿要社会的羁绊——看不到丈夫和妻子之间的等级制，他们四周是记载过去的物品，这些物品在现实中找到了和谐相处的安身之地。

> 收书既成，归来堂起书库大橱，簿甲乙，置书册。如要讲读，即请钥上簿，关出卷帙。或少损污，必惩责揩完涂改，不复向时之坦夷也。是欲求适意而反取憀慄。余性不耐，始谨食去重肉，衣去重采，首无明珠翠羽之饰，室无涂金刺绣之具，遇书史百家字不刓阙、本不讹谬者，辄市之，储作副本。自来家传《周易》、《左氏传》，故两家者流，文字最备。于是几案罗列，枕席枕藉。意会心谋，目往神授，乐在声色狗马之上。

古代汉语只有在从上下文看不出所指的是谁的时候，才用到人称代词。除了谈到她自己的记忆力之外，李清照在描写他们的初婚生活时，都是把她同赵德父合在一起写而省去人称代词的。

虽然也有许多面对面的场合——"咀嚼"果实碑文，由于没有弄到徐熙的画而表现出沮丧，喝茶以及玩记忆游戏。从这些逸事里我们了解到，博古的学识是他们共有的激情。在他们生活的这段时期中，第三人称单数"他寻求"、"他买"、"他的藏品"同第一人称复数"我们寻求"、"我们买"、"我们的藏品"之间，是没有区别的。

然而，随着书库的建成，人称的问题就变得敏感了，省略它们既是用来掩饰，也是用来记载家庭矛盾。当"我们建造一座书库"时，选用第一人称复数还很自然，也与当时的情境协调。然而，事情变得越来越清楚，使用书库的新规矩是出自于她丈夫而不是她自己的手。考虑到他们早期共同生活的那种融洽气氛，我们很愿意把"请钥"理解为"钥匙在我们手里"，但是，"请"字的在我们的思维中所强加的力量，以及此情此景的显而易见的性质，使我们不得不怀疑到，"请钥"的意思是"我请他把钥匙给我"。我们愿意相信发现损污卷帙的无论是丈夫还是妻子，他们都会感到有必要去"揩完涂改"。我们意识到，对丈夫和妻子来说，修整的"责"，其意义是有所不同的；她把这一点视为丧失了向时的坦夷。作者的回忆暗暗地循着双轨推进，它们突出了所发生的变化：以前，水果的汁液会滴得碑文上到处都是，茶水也可能在笑声和共享的愉悦之情中溢溅四散；现在，发现书被弄脏却老是成为焦虑的起源，"不复向时之坦夷也"。现在，她明白无疑地用上了第一人称，把她自己的感受同她丈夫的感受区别开来："余不耐"（"我受不了"）。

对于纯真美好场景的描写结束了。这些收藏品原来是一处场所，夫妻之间的等级差别在其中消失不见了，过去的遗物在生活的现实里找到了和谐相处的安身之地;现在,书虽然还是同样一些书,"他的藏品"与"她的藏品"却有了区别。我们对应该如何理解其间的文字也失去了信心。当她说到购买副本时,"他"同"我"之间的没有明说出来的区别突然变得举足轻重了,它引出两个不同的故事:尽管她的这段话听上去好像是两个人一起筹划购买副本的事,然而这一点现在却不能取信于读者了。事情可以是这样的:由于新订的书库规矩,她在家庭中节衣缩食以购买副本,以求随意使用属于她自己的书(在这种情况下,这段文章后半段中所有的"我们"就都变成了"我")。事情也可以是这样:尽管所收的书已经相当齐全,他还在不断地买书用作校勘,在这种情况里,以前带着骄傲说明家庭经济情况,现在则流露出抱怨的情绪来("我们"变成了"他")。她没有明确指出主语来,想要抹杀这件事中的分界线,从字面上来看,它仿佛是一件共同筹划的事。这两种解释并不相同;它们有不同的意义和不同的价值。这一段文字末尾描写的全神贯注地沉浸在书本中的情况,可以是她从她自己的藏品中得到"舒心的"愉悦,也可以是她丈夫的日益加剧的激情,这种激情她已经无法同他完全共享了。从表面上看,她仍然想让买书的行为显得是出于共同的兴趣,然而,我们不能不猜想她说的只是一个人,这个人得到的欢乐要胜过来自"声色狗马"的欢乐。这里听上去像是别人的声音,这个声音想让我们相信,她宁愿她的丈夫耽嗜于搜罗书画之中,而不愿他同其他暧昧的寻乐方式纠缠到一起。我们愿意相信她,但是同时也想起了她在前面说的话,不存在比别的嗜癖更好一点的嗜癖。

李清照没有失去对书的喜爱,但是喜爱发生了变化,其中掺进了顾虑。以前,书只不过是她借以同丈夫演出一些小型爱情剧的舞台。现在,她从书里得到的欢愉同她丈夫这位收藏家的已经不一样了;这似乎与从书里能够读出些什么来有关。她回想到陶潜的《五柳先生传》,声称她读到了这些书的真正价值。同样,她对赵德父的爱也发生了变化,变得复杂起来,出现了不易察觉的怨恨和非难的潜流,同由衷的骄傲和恋情掺杂在一起,这是一种强化的不舒适感,加上回忆起在一块儿的更为欢乐的日子,就越发显得压抑。看来她已经不像从前那样把全部心血倾注在"藏品"里,这样做是明智的,风暴正在逼近,它会使得辛苦收集来的东西再度散失。在后来的日子里,她没有充当好藏品保护者,在这样的日子中,她对这些藏品的关心,是同这些藏品与她丈夫的关系以及与他们初婚生活的关系,不可解脱地连结在一起的。

至靖康丙午岁(1126年),侯守淄川。闻金人犯京师,四顾茫然,盈箱溢箧,且恋恋,且怅怅,知其必不为己物矣。建炎丁未(1127年)春三月,奔太夫人丧南来。既长物不能尽载,乃先去书之重大印本者,又去画之多幅者,又去古器之无款识者。后又去书之监本者,画之平常者,器之重大者。凡屡减去,尚载书十五车。至东海,连舻渡淮,又渡江至建康。青州故第尚锁书册什物,用屋十余间,期明年春再具舟载之。十二月,金人陷青州,凡所谓十余屋者,已皆为煨烬矣。

建炎戊申(1128年)秋九月,侯起复知建康府。己酉(1129年)春三月罢,具舟上芜湖,入姑孰,将卜居赣水上。夏五月,至池阳,被旨知湖州,过阙上殿,遂驻家池阳,独

> 赴召。六月十三日，始负担舍舟，坐岸上，葛衣岸巾，精神如虎，目光烂烂射人，望舟中告别。余意甚恶，呼曰："如传闻城中缓急，奈何？"戟手遥应曰："从众。必不得已，先弃辎重，次衣被，次书册卷轴，次古器，独所谓宗器者，可自负抱，与身俱存亡，勿忘也。"遂驰马去。

北宋在辽国入侵以前已经在崩溃了。宋徽宗也是个热衷于收藏的人，他成了阶下囚。所有这些苦心孤诣收集来的、钟爱备至地加以辨析是正的、完善地整理分类的、经过修补装订的、锁进书库并制定新的规矩来保护它们的东西——现在，所有这些都不可避免地要遭受散失和毁坏的厄运。赵德父认识到了这一点，他茫然无措地四下张望，希望尽可能多救出一些，把藏品按照它们的价值分等归类。从他们坐在一起讨论每一件新到手的藏品的优劣，到眼下对他们藏品的分等排列，其间发生了某些微妙的变化。我们从出于知识和欣赏角度的鉴别品评，被引到几乎是从商业考虑出发的，出于占有角度的鉴别品评，在其中，每一个物件都是一件具有可以同其他物件相比较的价值商品。这个新的世界同五柳先生的世界迥然相异，五柳先生读书是凭自己高兴，他的快乐来自他的顿悟；这个世界也与另一个世界不同，在那个世界里，丈夫和妻子相互猜着某一段特殊文字出现在什么地方，以此作为游戏，而不去管这段话是出自刊本还是手抄善本。这种不同集中在一种区别里，也就是作为物件的书与"书里面的东西"之间的区别。书和艺术品转化为物件，是某种占有体系的一个部分，这个体系包括控制、组织、分等、管理和锁藏，就像败坏了现实中人与人的各种关系一样，它也败坏了同过去的那种真实的关系。李清照明白了，在他的藏品中也有她的价值和她的相对于其他藏品的位置。

十五辆大车载着藏品南来，藏品中价值最低的被留在青州，在兵火中焚为灰烬。藏品露出了它丑陋的一面，不再是知识和欢乐的积聚，而成了一堆奴役它们主人的物件：每动一动首先要考虑的总是如何包扎和运送它们。到了池阳，赵德父的任命下达了，他离开"他的"藏品，把全部监管的责任留给了李清照。分别的场面是值得纪念的，李清照带着爱，带着赞赏，也带着一线女性的欲望，描写出她丈夫英姿勃发的形象。突然之间一切都变了：藏品给场景投下了阴影。在这里她又用了第一人称，她说："余意甚恶"，直译的意思是："我心里十分不安"。这是一句值得推敲的话，从字面上看，我们有理由简单地把它看作是她的忧虑的一种表现（"我预感到了最糟的事"）；但是，它的习惯用法却暗示出了在他们之间的一种紧张状态："我心情很不好"。意识到她自己留下来成了藏品的囚徒，她向正在启程离去的赵德父"呼"出了她的问题。赵德父回答了她的问题，他显然像是一个能够当场对商品的价值作出估价的人，他向她交代了不得已时丢弃家产和藏品应当依照的秩序。这个秩序表中也有她本人的位置——最后，同宗器共存亡。

我们应当怎样来估量这句话呢？这在很大程度上要看我们怎样来理解"宗器"，即用于宗庙的祭器。它们可能是赵家氏族的祭器，也可能是赵德父藏品里最精美的青铜器。一方面，她记下这句话无疑是想要有助于说明赵德父对她的信任，无论是作为热诚的好古者还是作为监护保管家族祭祀礼器的人。无论是哪种情况，他都把这些器物看得同生命一样贵重。虽然他不得不行色匆匆地奉旨而去，我们可以相信，他愿意像他希望李清照牺牲自己那样，随时准备同宗器共存亡。但是，为自己选择这样一种死法，同要求别人为了几件铜器去死，是截然不同的两件事，特别是当这个人就是他的妻子和合作者，是留存下来并且记载了这件事的人的时候，更是如此。如果这些是宗族的祭器，那么我们就有了宣谕儒家责任学说的一个有趣的例证。但是，如果它们只是藏品的一部分，那么，这个热诚的好古者就为了他的热情付出了可怕的代价，他忘记了应该追求的是什么样的快感，把他的书入库上锁，使得它们成为活着的人的主人。她是带着骄傲把这件事告诉我们的，但是，如同许多讲到恋人之间炽烈爱情的故事一样，一种苦楚感不时露到表面来。

"所谓宗器者，可自负抱，与身俱存亡。"在这里我们会想到《庄子》中所讲的一则古代的故事（《庄子·达生》）：

> 祝宗人玄端以临牢筴，说彘曰："汝奚恶死？吾将三月㹖汝，十日戒，三日齐。藉白茅，加汝肩尻乎雕俎之上。则汝为之乎？为彘谋，曰不如食以糠糟而错之牢筴之中。自为谋，则苟生有轩冕之尊，死得于腞楯之上、聚偻之中则为之。为彘谋则去之，自为谋则取之。所异彘者何也？"

同热诚的好古者一样，热诚的礼法家也忽略了某些基本的价值。不过，庄子是通过古代雄辩术中毫无顾忌的嬉笑怒骂来表现这种对价值的扭曲的。赵德父没有想到，鼓励别人像他自己愿意选择的那样去选择一种高贵的死亡，听上去意味着什么。但是我们可以提醒李清照，与其像她丈夫要她做的那样，自觉自愿地满抱铜器去高贵地死，倒不如潜心于这些精善版本的书画来得更为明智。

  途中奔驰，冒大暑，感疾，至行在，病痁。七月末，书报卧病。余惊怛，念侯性素急，奈何病痁？或热，必服寒药，疾可忧。遂解舟下，一日夜行三百里。比至，果大服柴胡、黄芩药，疟且痢，病危在膏肓。余悲泣，仓皇不忍问后事。八月十八日遂不起，取笔作诗，绝笔而终，殊无分香卖履之意。

  这个在生前对他的藏品再三叮咛的人，死后对他的家产却一无遗嘱。这里，人们不能不又一次感受到他在人性方面是有欠缺的，这种欠缺迫使李清照在为他的病担忧的同时也要为她自己担忧，迫使她在结束对他去世过程的描写时揉进了控诉的意味。她保存《金石录》，为它写后序，这是爱情的产物，是以回忆赵德父为荣，然而，在《后序》里并不是处处以赵德父为荣的。直到现在，李清照对她丈夫的批评还是轻微的，是一股极为细弱的怨恨情绪的潜流，虽然有时冒到表面来，但始终同爱和尊崇交织在一起。这里，随着赵德父离开了这个世界以及他离开时的这种情景，批评清楚地表面化了。李清照被孤立无援地留了下来，没有保障，没有遗嘱，她处在一个正在分崩离析的社会中，这种社会即使在它最为稳定的时候，一名妇女在其中想要独自生存下去也几乎是不可能的。除了这种焦虑之外，她还必须承担丈夫遗留给她的保管大批善本书画古物的责任，这是她丈夫一生劳累仅存的硕果，也是使她得以回忆他们共同生活的凝聚点。

葬毕，余无所之。朝廷已分遣六宫，又传江当禁渡。时犹有书二万卷，金石刻二千卷，器皿、茵褥可待百客，他长物称是。余又大病，仅存喘息。事势日迫，念侯有妹婿任兵部侍郎，从卫在洪州，遂遣二故吏先部送行李往投之。冬十二月，金人陷洪州，遂尽委弃。所谓连舻渡江之书，又散为云烟矣。独余少轻小卷轴、书帖，写本李、杜、韩、柳集，《世说》、《盐铁论》，汉唐石刻副本数十轴，三代鼎鼐十数事，南唐写本书数箧，偶病中把玩，搬在卧内者，岿然独存。

上江既不可往，又虏势叵测，有弟远任敕局删定官，遂往依之。到台，台守已遁之剡。出陆，又弃衣被，走黄岩，雇舟入海，奔行朝。时驻跸章安，从御舟海道之温，又之越。庚戌十二月，放散百官，遂之衢。绍兴辛亥春三月，复赴越，壬子，又赴杭。

先侯疾亟时，有张飞卿学士携玉壶过视侯，便携去，其实珉也。不知何人传道，遂妄言有颁金之语，或传亦有密论列者。余大惶怖，不敢言，亦不敢遂已，尽将家中所有铜器等物，欲赴外廷投进。到越，已移幸四明。不敢留家中，并写本书寄剡。后官军收叛卒取去，闻尽入故李将军家。所谓岿然独存者，无虑十去五六矣。惟有书画砚墨可五七簏，更不忍置他所，常在卧榻下，把手自开阖。在会稽，卜居土民钟氏舍。忽一夕，穴壁负五簏去。余悲恸不已，重立赏收赎。后二日，邻人钟复皓出十八轴求赏，故知其盗不远矣。万计求之，其余遂牢不可出。今知尽为吴说运使贱价得之。所谓岿然独存者，乃十去其七八。所有一二残零不成部帙书册，三数种，平平书帖，犹复爱惜如护头目，何愚也耶！

5 回忆的引诱

她的丈夫留给她照管这些藏品的责任，现在她却不能不眼睁睁地望着大宗藏品散失——洪州的兵火，剡县的抢劫，会稽的偷窃，直到只剩下三数种残破不全的平平书帖。这里，事情充满了讽刺：所以能有藏品从洪州兵火中留存下来，是因为她没有把藏品统统保存在一起；它们留存下来是因为她出于喜爱，而不是根据收藏家意义上的价值和等级，把它们带在身边。如果她丈夫锁藏书画的体系还在发挥作用的话，很有可能她无法一次在身边带上那么多东西。在洪州烧毁的无价之宝同在青州烧毁的珍宝一样，也是无名无姓，不知具体为何物的，这里，在按她个人兴趣保存下来的"岿然独存者"里，第一次出现了书名。

对她行程的详尽描写记载了她当时的境遇，急急忙忙地从一处赶到另一处，家产和藏品在不断的奔窜中散失，她逃往海边，宋朝统治的崩溃迫在眉睫。长江是抵御金兵的一道防线，吓破了胆的朝廷小心翼翼地回过头来，在杭州建立了新都。这是一段充满了恐惧、怀疑和不光彩举动的时期。不但是赵德父死了，他的名声还遭到危机。他得以建立名声的鉴赏力现在反过来威胁要摧毁他的名声。为了拯救他的名声，李清照打算把剩下的铜器呈送给朝廷。在这里，我们又看到了鉴赏家在价值问题上所作的出色的判断：我们知道这些铜器价值不亚于生命（"所谓宗器者，可自负抱，与身俱存亡"），然而在新的评判者李清照的眼里，它们的价值比不上名声；她乐意用它们来交换它。

家产减少了，藏品锐减到只剩下塞在租来的房子里她睡的床下面的几只筐簏；墙被打了洞，大部分筐簏被偷走，窃贼根本不把她放在眼里。然而，她仍然十分珍视剩下的东西——几册残破不成部帙的书——并且摆出笑话自己的姿态，因为自己把没有价值的东西视若珍宝,至少根据藏品原来依循的标准,它们是没有价值的。这些书被选入藏品是因为它们的完善无缺——当时并不是残破不成卷帙的。她声称这些书的价值也不亚于生命("犹复爱惜如护头目"),正像在赵德父的眼里祭器的价值不亚于生命一样;然而,我们可以看出这两种价值之间的区别有多大,两者的价值对于人的生活的价值来说,都是微不足道的。

在这篇《后序》里,李清照暗地里为我们写下一篇如何评判价值的论文以及一部价值观的历史:最初,当她丈夫还是一名学生的时候,对古代碑文的品评只是她同她丈夫的全部共同生活中的一个组成部分;接着,在成熟期,他评定书的价值时是把它们当作"物件",当作鉴赏市场上的商品;而她离他越来越疏远了,她逐渐学会了按照书的内在内容来评判书的价值,按照它们所提供的那种一人独享的快感;事情发展到最后,眼下她是把它们作为同过去的联系,作为"故人"来评判留存的这些东西的价值了,同它们相会,为她提供了回忆的机会。

> 今日忽阅此书,如见故人。因忆侯在东莱静治堂,装卷初就,共签缥带,束十卷作一帙,每日晚更散,辄校勘二卷,跋题一卷。此二千卷,有题跋者五百二卷耳。今手泽如新,而墓木已拱,悲夫!

望着这些残破不全的遗物,她回忆起了——带着爱怜与嘲讽交织的心情——赵德父对收藏的溺爱以及这些藏品旧日的完整无缺。尽管这种溺爱属于藏品蜕变为压抑人的"物"这个过程,她不是把它作为促成其事的原因,而是作为她学术活动的一幅生活场景而回想起它来的：同回想起一对年轻夫妇坐在一起咀嚼果实赏玩碑文一样，在这里，她回想到的也不是物品，而是事件。他那到现在仍然墨泽如新的手迹，体现出了所有延续与失落之间复杂的比率。这个人已经死了，藏品已经流失，然而，在这些题记中，又有某些属于这个人和这些藏品的东西活着。现在轮到李清照来保存这些他所致力于要保存的东西了。她陷在过去里的程度并不比她丈夫浅，但是，她的过去是活的过去，它不会随着物质痕迹的消失而完全消失，这些物质痕迹，这些物件的物理存在，变成了人的主人，它们主人的主人。

> 昔萧绎江陵陷没，不惜国亡，而毁裂书画。杨广江都倾覆，不悲身死，而复取图书。岂人性之所著，死生不能忘之欤？或者天意以余菲薄，不足以享此尤物耶？抑亦死者有知，犹斤斤爱惜，不肯留在人间耶？何得之艰而失之易也？
>
> 呜呼，余自少陆机作赋之二年，至过蘧瑗知非之两岁，三十四年之间，忧患得失，何其多也！然有有必有无，有聚必有散，乃理之常。人亡弓，人得之，又胡足道！所以区区记其终始者，亦欲为后世好古博雅者之戒云。
>
> 绍兴二年（1132年）玄黓岁壮月朔甲寅，易安室题。

很奇怪——这篇以后序为名结果却是一篇长长的叙述文字的文章，现在被用来对一种热情进行儆戒了，而它所附骥的这部书恰恰就是出于这种热情而写成的。怨恨的情绪在表层下流动：她含蓄地把丈夫对收藏品的热情比之于梁元帝和隋炀帝的藏书癖，两者都是人们在言及荒淫政府及其可悲下场时经常举到的例证，两者都代表价值的一种招致毁灭的扭曲形态（这里还有另一个没有明言的例子，即北宋的最后一个皇帝宋徽宗，这是一个身居皇位的唯美主义者和收藏家，他驰心旁骛，全神贯注在收藏鉴赏里，这种行为对宋朝失去北部江山是负有责任的）。家庭是国家的缩影。一个人把书的价值置于国家的价值之上，另一个人把他藏品的价值置于他亲人的价值之上，两者之间究竟有多大差别呢？这是一种并不比其他热情更好的热情，它颠倒了价值的秩序，因而失去了它的人性。她把藏品中的这些书和物件称为"尤物"，这个词人们常常用以形容女性中有危险的美人、具有使人耽溺于其中的吸引力的物品，以及确实能给人以超出"声色狗马"之外的快感的东西。这样的东西对凡人来说太危险了；上天理应把它们夺回去。或许是死者把他们的热情带进了坟墓，死后还伸出手来把他们热情的对象拽了进去。

　　李清照同这种热情的火焰一直离得很近，她把它们推开了，用的是人们关于爱而不舍的危险所常说的话，用的是中国人在选择得失的原则中所常用的有得必有失的"抚慰哲学"。然而，我们是否有一分钟相信，她写这篇《后序》的动机就像她所说的那样，是为了告诫未来的学者和收藏家呢？当然，这篇《后序》作为借鉴和告诫，会使他们为他们的热情而感到不安，然而，这篇文字中的告诫的力量来自一种认识，认识到她自己的爱而不舍为她留下的伤疤，认识到推动那些狂热的爱而不舍的人们去做他们非做不可的事的那种共有的冲动，在她身上也发挥过作用。她也被回忆的引诱力所攫取，被缠卷在回忆的快感和她无法忘怀的伤痛之中。

6　复现：闲情记趣

凡是回忆触及的地方，我们都发现有一种隐秘的要求复现的冲动。当我们回过头来考察复现自身的时候，我们发现，只有通过回忆，复现才有可能。动物在本能的驱使下重复它祖先的动作，想要它自觉地让自己做一次哪怕是不费气力的"再来一次"的动作，它都无能为力。然而，对我们来说，除了最机械的重复之外，回忆可以在所有的方面彻底战胜本能。在我们体内，回忆和复现这两件事，是同一位守护神的两张脸面。

我们所复现的是某些不完满的、未尽完善的东西，是某些在我们的生活中言犹未尽的东西所留下的瘢痕。这是某种不满足于仅仅如此，或者仅仅已经如此，而非要一次又一次地尝试；并且从未获得成功，从未能有个结局的东西。回忆起的事件可以说总是独一无二的，无法重复的——至少在我们来说是这样，即使是在我们把它加以复现的时候——但是，并不是所有独一无二的、无法重复的过去都是回忆的素材。我们真正忘掉的只有那些"完善的"、完成的东西。这个命题有可能妨害所有我们在记忆方面宁愿要相信的东西，然而，还是让我们假定，所有能持续较长一点时间的记忆都是为某种令人痛苦的不完善所支持的。这里有某种应当朝一个方向发展下去的、应当有不同的转折和结局的，或是就此结束的不完整的故事。不完善这根刺越是尖利，回忆所面临的可变性就越大。回忆变成了一种空洞的形式，一场搞错的仪式，在其中，新的演员不断地上场扮演熟悉的角色；在其中，熟悉的故事被一点一点地、持续不断地改写；在其中，不断出现新的背景和新的场面。然而，在这场搞错的仪式里有某种核心的东西没有改变，没有弄个水落石出，因此，仪式就永远不断地举行下去。

作家们复现他们自己。他们在心里反复进行同样的运动，一遍又一遍地讲述同样的故事。他们用于掩饰他们的复现，使其有所变化的智巧，使我们了解到他们是多么强烈地渴望能够摆脱重复，能够找到某种完整地结束这个故事、得到某些新东西的途径。然而，一旦我们在新故事的表面之下发现老故事又出现了的时候，我们就认识到，这里有某种他们无法舍弃的东西，某个他们既不能解决也不能忘却的问题。我们由此可以得出结论说，看一个作家是否伟大，在某种程度上要以这样的对抗力来衡量，这种对抗就是上面所说的那种想要逃脱以得到某种新东西的抗争，同那种死死缠住作家不放、想要复现的冲动之间的对抗。

在他们个人的重现里，作家们常常复述文明过程中的旧故事，某种在他们自己的过去里没有解决的东西，在更遥远的过去中找到了回音。就我们自己而言，我们可以发现我们也被拖入了他们的重复的轨道，觉察到对我们来说这些故事同样也没有最终结束，我们还不能把它们当作孩子气的东西搁置在一边，无须再为它们费心。复现的冲动是一台引擎，它是人类文明发展的核心：为了从古老的情节中创造出新的生命来，面容、细节和环境都发生了变化。各种文明史都会以与自身不同的模样出现，而作家比其他任何人都更急于否认真情。然而，所有关于西方诗人的、接近神化的自由的传闻，所有相应的关于超尘脱俗以及纵情恣肆的中国传闻——所有这些诗人的职业面具，不仅是它们自身的一种不得已的重复，而且也是对更深一层真情的竭尽全力的掩饰。在所有伟大诗歌的背后，在每一位曾经为伟大诗歌所感动的读者的背后，站着伊翁之神，是他使我们浑身颤动，淌下眼泪，随着他那远古的乐曲而翩然起舞。

我们一遍又一遍地听着旧故事，一遍又一遍地讲述旧故事，对我们来说这有什么意思呢？一旦被拖进复现的轨道，我们就发现，我们无法让过去的事留在一片空白和沉寂无声之中。每当重新开始一个旧故事的时候，我们就又一次被一种诱惑抓住了，这种诱惑使我们相信，我们能够把某些无疑是永久丧失了的东西召唤回来，我们能够凭智力战胜某种不可避免的结局，我们能够主宰某个我们应当知道是不可征服的恶魔。

余扫墓山中，捡有峦纹可观之石。归与芸商曰："用油灰叠宣州石于白石盆，取色匀也；本山黄石虽古朴，亦用油灰，则黄白相间，凿痕毕露。将奈何？"芸曰："择石之顽劣者，捣末于灰痕处，乘湿掺之，干或色同也。"乃如其言，用宜兴窑长方盆叠起一峰，偏于左而凸于右，背作横方纹，如云林石法，巉岩凹凸，若临江石矶状。虚一角，用河泥种千瓣白萍。石上植茑萝，俗呼云松。经营数日乃成。至深秋，茑萝蔓延满山，如藤萝之悬石壁，花开正红色。白萍亦透水大放。神游其中，如登蓬岛。置之檐下，与芸品题：此处宜设水阁，此处宜立茅亭，此处宜凿六字曰"落花流水之间"，此可以居，此可以钓，此可以眺。胸中丘壑若将移居者然。一夕，猫奴争食，自檐而堕，连盆与架顷刻碎之。余叹曰："即此小经营，尚干造物忌耶。"两人不禁泪落。

这篇回忆摘自沈复（1763—？）的回忆录《浮生六记》，见于卷二"闲情记趣"。这一卷夹在《浮生六记》中最重要的两卷之间，第一卷回忆他和芸的婚姻生活，第三卷回忆他们后来经历的艰难时日，最终写到芸的去世。掺进碎石末的油灰无破绽地把假山连在一起，同嵌在石缝间的油灰一样，"闲情记趣"用沈复的童年、对园艺和种花的建议，以及对同芸结婚后的一些类似这里描写的这种生活趣事的追怀，插在生活的不可更改的发展趋势之间。

虽然人们可以根据回忆来讲述故事，但回忆不是故事；回忆可以是进行大量沉思和回顾的场合，但回忆不是通常意义上的思想。有人说回忆是某种类似展现在心灵前的可视的形象般的东西，但是，即使是这样，它也不同于展示在我们肉眼前的形象。我们眼中的形象有细节作为背景，在生活世界中有它的延续性；在我们的回忆中，背景是模糊不清的，出现的是某种形式，故事、意义、同价值有关的独特的问题等，都集中在这种形式里。回忆是来自过去的断裂的碎片；它闯入正在发展中的现实里，要求我们对它加以注意：我们"沉湎于其中"。沈复只需要回想到"盆景"，周围环境中所有丰富的细节以及对他个人所具有的意义，就全涌现在他心头了：所有这些都能凝聚到一个形象、一个名字和某一时刻里。不过，我们在这里读到的不是回忆，而是"回忆录"。为了写出回忆录来，他必须把凝聚成点的回忆铺陈开来：他必须把它"写"成某种叙述文字，某种描写，某种反思的诠释。在铺陈回忆的过程中，有若干奇怪的力量在发挥作用，这些力量是我们说不定想要铺陈说明的。

他从回忆中谱写出故事，从他的过去里取出碎石，把它们拼成假山，在其中恋人们可以永久居住下去，或是曾经一度居住于其中，而现在不再居住在里面，他这样做是在干什么呢？在《浮生六记》的卷一里，沈复回忆起他与陈芸的婚姻，写下了纯真美妙的趣事，他含蓄地告诉我们："那时事实就是如此。"在书的后面，我们又读到了他们所遭受到的痛苦，在同一时期出现的与家族的不和以及由此而来的烦恼；在第一卷里，沈复细心地有选择地忘却了一些东西，以便把回忆的断片构建为事情应该如此的模样，然而他对我们说的是"事实就是如此"。同样，当芸活着的时候，这一对恋人总是在他们的生活里谱写出一则则纯真美妙的趣事，为他们自己组织自己的小空间，建设假山和幻象——至少在他根据回忆为我们写下的故事里有这样的假山和幻象。

但是，在每一则这样的趣事中，每一个这样的幻象里，都存在一种危险，人工雕琢的痕迹会露出尾巴来，别人会看出其中的组合是人为的。每一则趣事都是短暂而脆弱的；在这微型的世界之外，有危险的、足以破坏它的野兽在虎视眈眈。趣事老是被砸为碎片；他不断地捡起碎石，把它们重新拼拢起来。

沈复是按照事情应当是怎样来讲述他和芸的生活故事的，然而他讲述时的口气好像是事情事实就是这样。这是回忆录，它是一件想要掩盖自己是艺术品的艺术品。然而，到处都可以看到用油灰抹住的结合部和裂缝：由省略而造成的断沟以及由欲望浇铸而成的看不见的外皮。他和芸向后站开，端详着他们的手工，说道:"瞧瞧,这里用油灰抹住的结口你看不出来,还有这里,还有这里。"他们堆制这座小山是为了自己从中取乐,不是为了使别人感到惊讶。但是,每一次他们望着这座小山时,他们知道每一个油灰抹住的结口具体在什么部位,因为每一处都看不出来,快乐就油然而生。假如我们望着这座小山或是读到这篇回忆录,我们有可能受骗,但是,无论是这座山还是这篇回忆录,事实上都不是为我们而存在的,它们是出于欲望,出于永远不会成功的自我欺骗的举动。

弯下腰来凑近一些,勾勒出它的轮廓,从背面望去,你可以看出一座由倪瓒的山水画演化而来的飞石于长江江面上空的小山。在这时,我们面临一处接缝了,艺术与生活世界之间看不见的结合部变成看得见了。这样,他构制了一幅小小的风景,讲述了一个小小的故事,抱着能够被哄骗的期望,然而从未被哄骗,而且知道这样的尝试随着接缝的出现就会破碎,又需要再一次费尽心血重新建立起来。不但每一个人为的幻象都是一种事先注定要失败的自我欺骗的尝试,而且每一个幻象都是一次复现,是重建某种更早的幻象。

沈复的一生都想方设法要脱离这个世界而钻进某个纯真美妙的小空间中。他从家墓所在的山里取了石头。他想用它们构建另一座山,一座他和芸能够在想象里生活于其中的山。这个举动又多少同家庭问题、家世日衰问题、子女婚嫁问题以及重建一个小天地的热望等问题卷在一起。但是,他的世界始终是一种玩物,一种难免破碎厄运的玩物。他的小山、他同芸的婚姻,他的回忆录——所有这些都是对某种现实的东西的田园诗似的模仿;它们只不过是精心制作的人为的东西,只不过是玩物。

在他们婚后的日子里，在为他们的生活谱写纯真美妙的趣事方面，沈复和芸的创造力从未枯竭过——布置房间、建造盆景、远足郊游。在结合部，我们偶然也觉察到起妨害作用的压力，这种压力来自在他们周围的动辄横加干涉的家族。这时，在这乐趣横生的小世界之外，野兽出现了，它打碎了幻象。沈复想在他的回忆录里把它全部重建起来；但是，在作为整体的作品形式中，在这些轶事的本身里，他一次又一次地重复着这种模式。

沈复老是想要逃进山里，长久居住在其中，在生活中和文字里都写下一个有妥善结局的故事。叙事的故事在回忆录中是一种艺术冲动，它坚定不移地朝事情的结尾发展，朝整一性、可以预见的转机和完整的结构发展。叙事的故事力图要把重复排斥在外。把内在的生活转化为写到纸上的故事，再把这些故事转化回到病人的生活世界里，这是弗洛伊德心理分析工作中最基本的见解。我们总是希望叙事的故事能有一个完满的结局，以帮助我们从重复中摆脱出来。沈复的故事始终没有完整地结束过；沈复之"复"，在中文里的意思就是"重复"。

在事件复现的模式中，小世界对沈复来说起了关键的作用。这种小世界在传统里有它的原型，《后汉书》告诉了我们费长房和"壶中世界"的故事，在类似《庄子》、《列子》这些道家典籍里，常常可以见到有关大小与我们的世界不同的世界的寓言。在唐人小说《南柯太守》里有一个蚂蚁国，这种小世界主题在后来的戏剧和小说里不断出现。但是，同这些早期的偶然遇上的情况相比，在沈复的回忆录里，小世界是他长久不衰的欲望的某种对象。因为他不是碰巧遇上这样一个世界，沈复是打算去发现一个或者建造一个这样的世界。他所建立的小世界为一种压迫感所包围——局促的活动场所，诘问的目光，无所不在的规矩和限制，沈复家族和别的家族的习俗。为了找到空间，他的思想不得不深入到微型山水之中，在那里，他至少可以佯装出享受到其中伸展和自由的幻象而带来的快乐。

迷人的小空间使得人工作品有了用武之地，它吸收了他和芸在设计和建造时花费的全部心血——整修楼阁、接花叠石、建造盆景。注意力被向内、向下吸引到缩小的范围内。它们是自我的藏身之处，是欲望的卧居之地；它们是另一种世界，在其中它们的创造者在比喻的意义上消失了，全神贯注于建造或观照中，而且，他宁愿名副其实地消失在其中。它们是"神游"的空间。

沈复强调他在这些小型的构建物中得到满足，强调得过于频繁了，他总是把它们视之为更大的世界。他所以有意断言他是情满意足的，就是想在芸和他的读者那里征得赞同的回声，他们会使他进一步相信，这些构建物是完满无缺的，其中有足够的空间。他对情满意足的断言是一些镜中之像，它们映出了他的焦虑，担心人工构建物中的接缝会自己把自己暴露出来。我们知道玩物终归只是玩物，但是，因为我们所追寻的是更大的、本原的现实，而不是它的缩小了的替代物，因此，任何可能使人想到玩物的人为性的东西，任何提醒人们认识它可能不胜此任的东西，都是致命的、难以忍受的。

沈复的小世界常常体现在花园里，无论是在现实里还是在文学中，园林的传统都由来已久了，它们成了沈复的后援。因为到处都有花园，所以，纯真美妙的趣事往往发生在花园里，从童稚不省事到性觉悟的过程也发生在其中。花园是组织起来的自然和有一定疆界的乐土。但是，在沈复的小花园之外，有某种残忍的东西在等待时机,某种大于小世界的存在物,它随时准备摧毁花园,准备当恋人们正处在从未料到会如此快乐的高度快感之中的时候,吞食他们或者他们的性器官。这种野兽——无论是猫,是虾蟆还是鸭子——都是吞食者。在有关假山的这则逸事里,沈复启蒙时的神奇遭遇被移植到成年人的生活中来了。当两个恋人神居于假山之中时,性的关系就出现了;两只争食的猫从屋檐跌落下来,间接地毁掉了恋人们眼前的一片美景。不过,这个故事还有它更原始的文本:现实花园里的一条奇怪的爬虫……

余忆童稚时,能张目对日,明察秋毫,见藐小微物,必细察其纹理,故时有物外之趣。

夏蚊成雷,私拟作群鹤舞空。心之所向,则或千或百果然鹤也。昂首观之,项为之强。又留蚊于素帐中,徐喷以烟,使其冲烟飞鸣,作青云白鹤观,果如鹤唳云端,怡然称快。

于土墙凹凸处,花台小草丛杂处,常蹲其身,使与台齐。定神细视,以丛草为林,以虫蚁为兽,以土砾凸者为丘,凹者为壑。神游其中,怡然自得。

一日见二虫斗草间,观之正浓,忽有庞然大物拔山倒树而来,盖一癞虾蟆也,舌一吐而二虫尽为所吞。余年幼方出神,不觉呀然惊恐。神定,捉虾蟆,鞭数十,驱之别院。年长思之,二虫之斗,盖图奸不从也。古语云:"奸近杀。"虫亦然耶?

贪此生涯,卵为蚯蚓所哈(吴俗呼阳为卵),肿不能便。捉鸭开口哈之。婢妪偶释手,鸭颠其颈作吞噬状。惊而大哭，传为语柄。此皆幼时闲情也。

在新故事的表层之下，我们发现老故事被讲了一遍又一遍。在那则关于假山盆景的逸事的下面，我们发现这个早年的故事重新出现了，我们又重新看到了借助思维的力量而使世界由大变小，重新听到了目睹一对交配的昆虫被一头闯进来的野兽吞食的故事。这时，一个突如其来的、事先未见端倪的转折把我们带向了同一个故事的更为本原的文本，它告诉我们，当他在花园里自渎的时候，阳物"为蚯蚓所哈"，对此中快感的第二个报应，是鸭子想要吞食他的"卵"。他告诉我们，这些事件是讲述他生平故事的起源，也是关于他的最初的故事。

我们不能期望完全把握这些逸事在心理上产生的影响，但是，如果我们想要理解沈复的这些出于回忆的作品，我们就不能无视他个人的传奇般遭遇所具有的力量，这种力量在他生活的进程中再三再四地发挥作用。我们认出了沈复在他的回忆录中和他的生活中用十几种形式加以复现的那个故事，那个关于那种私下的、在痛苦、伤害和当众凌辱的夹缝里苟且残存的、微乎其微的乐趣的故事。这些事，他告诉我们，是他的"幼时闲情"。沈复就是用这两则逸事开始了他的第二卷："闲情记趣"。

"余忆童稚时，能张目对日。"他用这样一个勇敢的、神奇般的声明作为开头，这是一个我们童年的回忆经常教会我们去说的欺人之谈。这个声明同他眼中的世界之细部奇怪地结合在一起。《浮生六记》的前三卷，每一卷都是另起一章的。第一卷是按照传记的传统写法，从他的出生之日写起，并且因为他的回忆录有"垢鉴"之病而表示抱歉；在第三卷的起首，他感怀于一生不离他左右的、不公正的不幸命运。然而在这第二卷"闲情记趣",却是以一片光亮开始的。太阳的明亮是"明",他独有的清澈的目光也是"明",因为他能明察秋毫,所以,在接近"藐小微物"方面,他就有了得天独厚的优越条件。

在中国的传统里,悟性的完善并不总在于把握事物的某种大的、起结构作用的原理;悟性也同认识事物的妙处有关,那些细微而神妙的地方。沈复的"明",他的清澈的目光,使他能够深入到世界的精深之处。他的精深完善的悟性使他能够再作一项声明,声言他能够超然物外。细部的令人神往的魅力就在于它能满足人们逃离这个世界的欲望,使人们通过自身变小来获得无限的空间、属于自己的空间。

逃脱当然是一种自我欺骗:他永远不能真正逃脱,永远不能成功地忘掉他自己是什么样的人。幻象总是要被揭穿的,他如此坚持不懈地声称它的现实性,实际上正是因为他心底里已经意识到它是幻象。想要逃入极小世界中去的意愿,常常需要仰赖人为的功夫来掩饰构建物的接缝,来遮盖每一处会使他想到他眼中的景象不过是出于虚幻的地方。不过,越是运用技巧,幻象的不真实性就越是强烈。他想要把蚊子想象为仙鹤(使小虫变为不朽的、超然物外的鸟)。然而,仅仅是这样简单地运用想象力还不够:他还得把这些生物拢进帐子里,朝它们喷烟,让它们扮演出一幅符合他愿望的景象。这种符合他愿望的、依照文艺的图像灵法而编排出的景象,这个孩子在他一生中再三加以复现,正如后来他在假山盆景中想要复制出倪瓒山水画的笔法一样。

在这里也同在别的地方一样,他在开始时用心像描述法描绘出了事情应当如何的形象;然后,他又按照这个形象来组织他的小世界;最后,他向我们这些阅读有关他成年生活的回忆录的成年读者宣布,他相信它,他自己居住在其中。他所用的词语也是一些体现出人为气味的词汇,是作媒介的,反映他个人愿望的:甚至是在讲到蚊子的时候,他告诉我们,他是"使"其冲烟飞鸣,是"导致"、"强迫"。但是,他永远不会达到那种不可能达到的完善程度,不可能使得人为的功夫在现实中不为人注意,不可能使得用于某物的媒介按照它自己的性质,自由地、自动地发挥作用,不可能完满地实现个人对某件事物的意愿,这件事物对他拥有控制的力量,它诱惑他,并且有能力把他吞没进去。

蚊—鹤之事是天的缩影,他跟着又对称地写了地的缩影:这个孩子把目光与土台放平,把凸处想象为山林,把凹处想象为沟壑,就像在假山盆景中那样。在那则逸事中,替代的词语用得比较少,所用词语更接近故事的本来面貌:打架的猫在这里是争斗的小虫,它们事实上是在交配;在那里,兽类的食欲在毁掉闲适世界中惟一的出乎意料的东西,在这一则更早的逸事里,虾蟆却不但闯进了这个小世界,而且还吃掉了这对"恋人"。它的出现俨然像人们常说的巨兽,"拔山倒树而来",它摧毁这处小风景是在比喻意义上而言的,而猫毁掉假山盆景则是名副其实的。

道德的结论,即私通会导致毁灭的结论,是戏谑地提供给我们的,然而,在这出活剧之下有一种更深的不安:即使是这些昆虫,即使是如此细小的生物,难道它们真的能指望逃脱野兽的注意吗?他接着来了个顺其自然的急转弯,转向了故事更为原始的形态,他甚至不想用等位或从属的修辞法来掩饰一下他本人同这两则逸事的关联。

除非是十八世纪的苏州真有这种奇特的邪恶的蚯蚓,除非是由于童年不完备的动物学知识使他在记忆中把生物归错了类,否则,我们会怀疑在这里出现的是否又是童年记忆的错觉,在其中,事情按照想象的方式发生,按照它最初被描绘的方式,它取代了事实上发生的事。痛感随着快感而来,他把它加以神话化了,使它成了一则被兽类咬食的故事。他仔细地挑选了当地俗语来形容他的性器官,甚至认识到必须用称之为"卵"的方式来对它加以掩饰,使它缩小,使它成为侏儒世界里的东西。这则传奇立刻使它自身得以复现:一个成年人纵容一头更大的兽物,这头兽物似乎想要再一次咬噬他的性器官,这一次是要吞下它们,吃掉它们。

他对我们讲起了出于惊慌而尖声哭叫,接着又讲到人们如何把它传为话柄,而"此皆幼时闲情也"。这种叙述的顺序是值得注意的。先是童年的恐怖——没有任何恐怖比童年的恐怖更令人惊慌——接着被人耻笑而带来的羞愧。当他在成年时复述这个故事时,每复述一次,就重新经历一次恐怖和痛苦。它成为回忆录写作的范例,教会沈复如何去对待恐怖和痛苦。现在,年龄使他与童年有了距离,他加入到很久以前的那些成年人之中,一面为了取乐于我们而重新写下这个故事,一面也发出笑声。但是,我们虽然被他引出笑声,这笑声却不是欢快的笑声;围绕在童年的"闲情"周围的黑暗并没有消散,仍然有某种东西迫使他在他生活的事件中和回忆录中,以变化的形式重新讲述这个故事。

这则传奇的最大的变体就是《浮生六记》的叙述主线:他同芸结婚的故事,在家族的包围之中他们自己的小天地和闲情乐趣,他父亲对芸的越来越深的敌意,他们被赶出家门以及他们的艰苦生活。最后的高潮是陈芸的死。沈复个人传奇的这个最大的文本是由许多较小的、这个故事的复现组成的,类似假山盆景的逸事就是这种复现。最终我们不由得想问,这些复现究竟出现在什么水平上:它们是否仅仅是讲给我们听的故事,是他在写回忆录时向我们说明他的过去的一种方法?是不是他用他的个性和半意识的行动,通过某种途径,设法把同一个故事一次又一次地谱写进他的生活里?在他父亲同芸的关系的破裂中,他无意识地起了什么作用。为什么他要把假山放在这样一个容易遭到破坏的地方?是不是有这种可能,只有毁掉快感的藏身之处,他才能再一次承受到复述故事给他带来的情感,才能重新把碎片收拢起来,重新小心翼翼地运用技巧把它们拼合起来?

让我们把他在他生活中无尽止地重演他个人的传奇这种灰暗的可能性放在一边。让我们姑且承认这样的复现只是因为他作为回忆录的作者才出现的,对他来说,回忆有选择地从大量的、混为一团的过去里浮现出来。他把这些回忆加以铺陈,一次又一次地想把他所叙述的故事引向不同的结论,最终却总是发现故事是不完整的,是被拦腰截断的,这就强迫他再一次重新写起。重复可能是一种推动我们生活的力量,不过,把它视为为写作规划方向的力量要更容易一些。走出作品之外,在现实世界里,难于应付的、独立的环境和其他人,也许不想扮演在我们私下写成的故事里所要他们扮演的角色。然而,回忆录的作者却能担保这种模式能够照常运行,哪怕要对付的是最顽强的事实。

让我们再来看一看另一则逸事,这则逸事摘自《浮生六记》的第四卷,讲的是他去广州的旅行。这一回他是同他的朋友秀峰以及其他人去游访一座水上妓院。在那里,他同一名叫做喜儿的年轻妓女有了交往:

放艇中流,开怀畅饮,至更许。余恐不能自持,坚欲回寓,而城已下钥久矣。盖海疆之城,日落即闭,余不知也。及终席,有卧而吃鸦片烟者,有拥妓而调笑者。伻头各送衾枕至,行将连床开铺。余暗询喜儿:"汝本艇可卧否?"对曰:"有寮可居,未知有客否。"(寮者,船顶之楼。)余曰:"姑往探之。"招小艇渡至邵船,但见合帮灯火相对如长廊。寮适无客。

鸨儿笑迎曰:"我知今日贵客来,故留寮以相待也。"余笑曰:"姥真荷叶下仙人哉。"遂有伻头移烛相引,由舱后,梯而登,宛如斗室,旁一长榻,几案俱备。揭帘再进,即在头舱之顶,床亦旁设,中间方窗嵌以玻璃,不火而光满一室,盖对船之灯光也。衾帐镜奁,颇极华美。

喜儿曰:"从台可以望月。"即在梯门之上,叠开一窗,蛇行而出,即后梢之顶也。三面皆设短栏,一轮明月,水阔天空,纵横如乱叶浮水者,酒船也;闪烁如繁星列天者,酒船之灯也。更有小艇梳织往来,笙歌弦索之声杂以长潮之沸,令人情为之移。余曰:"'少不入广',当在斯矣。惜余妇芸娘不能偕游至此。"回顾喜儿,月下依稀相似,因挽之下台,息烛而卧。

我们屏息而待。构成沈复的美妙纯真的性爱乐趣的全部要素都在这里了:抽身离开众多之人,同所喜爱的人退入小空间内,梦一般的景色使他脱离了理智也脱离了世界。我们等着出现横飞来的灾祸。但是,沈复个人传奇之外的现实事件没有合作,这种横飞来的灾祸仅仅保留在一种无危险的变态里,它表现为第二天早晨

才出现的、他的朋友们的喧闹:

> 天将晓,秀峰等已哄然至。余披衣起迎,皆责以昨晚之逃。余曰:"无他,恐公等掀衾揭帐耳。"遂同归寓。

看上去似乎沈复终于征服了破碎的故事,写出了幸福的结尾。请注意,以前破坏他的故事的因素依然存在,但是转换了形式:同样是入侵,张嘴准备咬噬的野兽转变成了取笑和责难他的朋友。令人屈辱的把性行为暴露于众的做法,依然通过一种未兑现的恐惧而留存下来了。

然而,一次偶然事件凭借在世上碰巧发生的方式,就想主宰那种驱动复现的机械运转的力量,恐怕没有那么容易。在下一节里,几天之后,沈复和秀峰外出观光,归途中又上了花艇。这一次船顶的阁楼已经有人了,因此沈复向秀峰建议,各自带自己的姑娘去他们城中的寓所———种鲁莽的越轨行为。事情安排好了,他们正要摆开酒宴,这时,

> 酒将沾唇,忽闻楼下人声嘈杂,似有上楼之势。

原来是房东的侄子招了一帮无赖,想抓住他们招妓之事以行敲诈。沈复、秀峰和两个姑娘都被人发现了,不得不从暴徒中夺路而逃。喜儿在混乱中跑散了,接着又找到了。最后他们贿赂了门卫,从城门里逃了出来。

结局既不是一场灾难,也不是一场悲剧,然而却是一场能够充分说明问题的羞辱。沈复关于未能实现的快感的故事所具有的

力量，在这里显示出来了，这股力量又回到了先前的乐事里，使得有过快乐结尾的事又变得没有结尾了。当沈复在船上的阁楼里同喜儿度过极乐的一夜时，某种使快感中断的力量在一旁窥伺着，没有得到满足；沈复不得不给野兽另一次机会，让它演完它的角色。也许这只不过是回忆录的作者藉以把他的故事贯穿起来的一种方法，但是，我们不能不注意到，是沈复建议要离开允许狎妓的花艇，去城里再设一席更担风险的酒宴的。当这帮无赖要强行登搂时，沈复这位回忆录的作者，没有忘了细心记下秀峰的抱怨："此皆三白一时高兴，不合我亦从之。"作者没有忘了提醒我们他在这第二出场景中所起的作用，在这里，野兽得到了另一次行动的机会。

　　作家们复现着他们自己，而且似乎把他们的永无结局的情节写回到生活的世界中去，以此来为他们回忆录的周转圈提供素材。如果回忆录能够放到死后再写的话，我们依然怀疑，他们是不是能够在描写他们的生活结局时，不让他们的最终命运留下一个残破不全的尾巴。

7 绣户：回忆与艺术

当我们读到根据回忆写成的作品时，我们很容易忘记我们所读的不是回忆的正身，而是它的由写作而呈现的转型。写作是由回忆产生的许多复现模式中的一种，但是写作竭力想把回忆带出它自身，使它摆脱重复。写作使回忆转变为艺术，把回忆演化进一定的形式内。所有的回忆都会给人带来某种痛苦，这或者是因为被回忆的事件本身是令人痛苦的，或者是因为想到某些甜蜜的事已经一去不复返而感到痛苦。写作在把回忆转变为艺术的过程中，想要控制住这种痛苦，想要把握回忆中令人困惑、难以捉摸的东西和密度过大的东西；它使人们同回忆之间有了一定的距离，使它变得美丽。

有时，我们借以写出回忆的那种形式因袭了早期的写作史，带有浓重的早期写作史的风格——通常意义上的"匠心"。当我们讲述我们所经受的、不为我们所选择的境遇时，所用的语言已经带上了从艺术角度加以控制的烙印；个人的还没有付诸文字的东西变成了诉诸公众的成形的文字；难以应付的、随兴而至的回忆状态被转化成了无时间性的一页页有象征意义的横竖撇捺。回忆的转型越是需要运用匠心，作家就越是不得不去研究艺术的要求：一首体现出传统风格的词，即是主宰回忆的尝试，也是对前

7 绣户：回忆与艺术

人技巧的冥思。

让我们从十三世纪中叶杭州郊区的一座楼阁开始，时间是晚春。从这里的花园可以清楚地看到西湖，西湖边上的柳树冒出树叶，看上去像是有一层淡淡的绿雾。在花园里漫游的是这座大城市的艺术界中的精英——诗人和词人，富有的鉴赏家和业余爱好者，还有几名杭州城里最有名的妓女。

在这一天各种各样的游乐中，有一项特殊款待，即演唱吴文英新作的词，吴文英是当时最负盛名的词人，由于他精通音律、在风格上喜欢堆砌典故辞藻，以及他的词能够表现出细腻的感情变化，因而备受时人推崇。词评家们对这些特点在词的发展史上所起的影响是好还是坏或许会有争论，但是，对他的作品作为整体而具有的特点，则是持一致意见的。正如与他同时代、比他年轻的词评家张炎指出的，他的作品"炫人眼目"。今天，吴文英要向来客献出他最新的一首作品，一首寄调"莺啼序"的新词，"莺啼序"有四阕，是宋词中最长的一调。他一开始写道：

> 残寒正欺病酒，
> 掩沉香绣户。
> 燕来晚、飞入西城，
> 似说春事迟暮。
> 画船载、清明过却，
> 晴烟冉冉吴宫树。
> 念羁情游荡，
> 随风化为轻絮。

137

熟悉吴文英词的人都知道，出现在第一阕结尾的感情转折将把他领入回忆里。因为吴文英这位宋代最后一家大词人，也是一位回忆的诗人。他是时代的喉舌，是南宋最后一代的喉舌，这一代人在这种哀婉迟暮的情调中培养和寻求极大的快感。回忆和过去在文学中居于中心地位，已经有了很长的传统了，但是，在此以前它们从未变得像在这些年那样举足轻重——它成为一种风尚，几乎成了审美领域里风靡一时的嗜好，仿佛只要一头钻进艺术里和对往事的回顾中，就能把已见征兆的未来置于脑后似的。没过多久，元朝的军队从北方突破防线，征服了南宋。

"残寒正欺病酒"。在中国诗歌里，内在世界与外在世界的关系，情与景的关系，始终是人们感兴趣的问题。在大部分诗和早期的词里，外在世界的事态与诗人的情态不是相互协调就是形成对比。在宋以前，在西方诗歌中如此常见的自我与外在世界的那种关系形态，在中国诗词中很少见得着，在这种关系形态中，自然连同它的意志和动机都被人化了，它被置于同诗人的一种能动的人的关系之中。然而，在这里，在吴文英这首词的第一行里，预期会出现的、内在世界与外在世界之间的那种平行关系并没有出现：外在世界成了异己的力量，怀有敌意的异己力量，它仿佛是出于它自己的意志，按照某种方式来对待他。他在人与人的关系的范畴内来描写他所遭到的欺负、他的不适和愤慨。一种侵犯他的行为招来了另一种侵犯他的行为；他把门关上了。

词的一开头就把我们抛进了一个正在进行中的事件："正"，就在此时此刻。这是一次突如其来的、无礼的相遇，没有通常那种悠哉游哉的引子作为见面礼，词人这方面的技巧被人称为"破题"。十三世纪的词是一门非常讲究感情的抑扬转承的艺术，这种突兀的开头紧紧抓住了听者的注意力,在这一阕的其余部分里,它很快缓解为同词的开头相适应的、较为温和的形象。

他受到了触犯,感到惊骇;他掩上门窗("户"既可以指门,也可以指窗),遮住了楼室通向外界的出口。这件事所以显得特殊,是因为这首词在其他地方同各种方式的"向外看"、"朝外走"有关。在词的一开始就出现关闭的举动,使我们困惑不解;这种姿态通常出现在诗词的结尾,这时,外在的经验已经通过词的展开体现于其中,词人又退却离开外在经验。它出现在词的开头是不合宜的,这是由于虚弱和受到欺负而作出的一种反应。虚弱经不起事变以及对这种虚弱的忧虑,在这首词的其余部分里占据了主导地位,不过,这种虚弱是经过精心雕琢的,是在他的控制之下的。一旦他已经在通向外部世界的出口附近待过,外在的力量就失去了再一次这样出其不意地把他抓到手的机会。情态的转变出现了,词的鉴赏家们尽情地欣赏这种情态的受到控制的抑扬起伏。

接着,让我们来看一看这个在我们眼前关上的、以抵御春寒的出口:这件用于屏蔽的东西是"绣"的,这个同刺绣有关的术语,也可以用来指精镂细刻和华美的雕琢,在这里就是指雕绘华美的木质门户。"绣"属于一组通常用来指复杂工艺的词汇,这一组词汇中包括"雕"和"琢",它们同这首词里所描写的东西倒是相符的。某种花草与几何图形交织在一起的错综图案,某种优雅的装饰物,覆盖了门窗的抵御寒气的这种更为实在的功能。不仅如此,"绣户"通常会使人们想到女子的闺阁;同孤立无援的情态、畏寒的感受以及后面的被遗弃的情人的神情一样,它强烈地使人想到这是一名女子在说话。然而,吴文英的词很快就揭示出说话者是一名男子,是词人自传式的"我"。他作出这种姿态,也是出于艺术的雕琢。

有一个人因为喝酒喝得太多而感到不舒服;由于寒气相逼他打了一个寒颤,掩上雕琢华美的门或窗,想把寒气挡在外面。于是,我们看见了"燕来晚,飞入西城,似说春事迟暮"。这时已是晚春了,燕子来得晚了,到现在还残存早春的寒气也显得晚了。燕子飞进城市的西部,同久留不去的寒气一样,如果门户没有屏障,它们会飞入室内。词的鉴赏者会注意到"通"与"寒"之间的这种平衡,注意到闯进来的燕子和闯进来的寒气,同把寒气和景色挡在外面的图案精美的门之间形成的对比。同在此以前无以数计的诗歌一样,这里的燕子也使人想起恋人的相聚,正如寒气使人想到不在眼前的恋人和恋人的孤独一样。而且,因为寒气的所作所为带有人的行为的那种无礼粗鲁,所以,燕子也就为鉴赏者带来了人的动机的意象:我们从它们的到来推寻出的信息——春天快要结束了——就成了它们所传递的消息。但是,在这种情况下,词人发挥了对人化自然的控制能力:自然的人的意向仅仅表现为一目了然的明喻——"似说"——就像是精细雕琢的门上的图案。

"画船载,清明过却,晴烟冉冉吴宫树。"在这首词里,透过(或者就在它的上面)关着的门所看到的来来去去可真不少:燕子作为比喻里的消息传递者飞来了;画船开走了,它们的离去,比喻带走了春天的节日;晴"烟",晚春的柳叶出现在吴宫的树上。这个形象,无论是作为缭绕的烟气还是飘拂的柳絮,都同缠绵的情思纠结在一起,它们都是"丝","丝"与"思"是发音相同的字。他通过这个基于古老的、人们所熟悉的双关语"丝"

而产生的隐喻，建立起了一种意念：在春风吹拂下而萌动的对爱情的渴望，又在春风的鼓动下化为缕缕情思，它们涌向远在天外的心爱者，化为随着春风吹动而摆舞成絮的千万条柳丝。

为这个意念提供基础的还有成千首别的有关柳的诗词——象征春天结束的柳叶，御水河边的柳树，被比作女子的柳，象征离别的柳，在其中，"柳"变成了另一个读音相近的字"留"。柳叶就是轻烟，柳叶就是在一个人心中飘向另一个人的渴求的游丝。

这一阕是"情景"，其中交织了各种由于长期使用而产生的形象，每一个形象都会带来联想，每一个形象都给词的情态点染上自己的色彩。这一阕中的这些形象，都是感情的象形文字，绣帷上的图案（"绣"，字面上的直接意思就是"刺绣"），它们在自然的外在世界中失去了它们的地位。由于在文学作品中不断出现，导致产生了一系列这样的形象："龟"不是被看为爬虫，而是被看为"长寿"；鸳鸯不是被看为鸟，而是被看为"结为夫妻的恋人"；在这里，从"柳"里面看出情态的母体以及联想来，要比"龟"和"鸳鸯"的情况复杂，但是，"柳"仍然属于内在世界，而不是属于这棵柳树。这是从一扇关着的门的后面所见到的自然的形象。

词的鉴赏家们知道，吴文英的这首词是感情的组合，不是外在世界的场景，甚至不是对外在世界经验的具体体现。当有人遮住了通向外界的出口而写下了下面六行关于外界场景的词时，他们就越发认识到这一点了；当有人在描写冉冉而动的烟雾，在下一行词里又写到较为强劲的春风时，他们就已经认识到这一点了。

历史上许多词评家认为，在吴文英的词里很难找到赋予词以活力,使它成为有机整体的"脉络"。不过,这首词是一幅内部风景;门已经掩上了;我们在房间里头。我们所望见的不是自然,而是一扇精工雕琢的门:"绣户"。在这扇门之外,有无礼的、甚至是危险的自然,它在我们的控制之外,然而,在这扇雕刻过的门上排列着取自自然的各种形象;它们已被转化为表现人的心理状态的复杂符号。词人甚至自己也闪烁其词地承认了这一点,当渴求的情思变成柳絮的游丝时,他特别提到了转化和变化的过程:"化为"。他向我们表明他是怎么样得到控制权的,关上门,把无礼的、异己的外在世界关在门外,这个外在世界已经显示出它对一个人所处的境况是多么冷漠无情。

中国的古典诗把它自己直接同生活的外在世界连结在一起。但是,这是一首词,词是在内部世界中,在一间屋子里或者在人的心里,才感到最为自在。当他的主题是回忆时,词作者会感到特别舒服,因为回忆提供了取自生活世界的形象和景象的断片,这些形象同人的感情是不可分割的,它们根据感情的内在世界的规律,又重新被组织起来。

> 十载西湖,
> 傍柳系马,
> 趁娇尘软雾。
> 溯红渐,招入仙溪,
> 锦儿偷寄幽素。
> 倚银屏、春宽梦窄,
> 断红湿、歌纨金缕。
> 暝堤空,

> 轻把斜阳,
>
> 总还鸥鹭。

词的鉴赏家们点头赞许他们所熟悉的词的节奏变化。第一阕为回忆提供了机缘,第二阕转向回忆自身。他的思想在第一阕里转形为西湖边飘拂的柳丝,在这里达到了它们的目的——很久以前的西湖和当时模样的柳树,那时他把马就拴在那里。现实景色里"冉冉"而动的轻烟在这里又出现了,成了"娇尘"和"软雾",回忆起的景色和回忆起的女子在其中时隐时现。

在开头的一阕里,在刚掩上雕刻华美的门时,词人只是一名观察者,他提到了出现在他心灵的眼睛前面的图像。现在,他的思想飘回到过去,他沉浸在回忆中的景象里,仿佛自己又置身在其中了:他在柳树旁拴好马,享用着薄雾中女性般的温馨,追随着淡红色的花朵溯流而上,走进欢乐之谷。词的鉴赏者们不无快感地追随着这些变化:从粗暴无礼的侵犯,到一扇在我们身后关上的雕有图案的门,接着是一段不完整的感情之景,在其中作者没有出现,直到被搅动的情感像柳丝一样向外飘荡,柳絮又转变为很久以前的一棵柳树时,词人才在它旁边出现了,成了景色中的一部分。词的第二阕把我们从晨雾一直带到欢乐追寻者归来的傍晚,十年的光阴在其中化为一天流逝,它又使我们回到了词的开头所描写的那种迟暮的状态。鉴赏者们为其中表现出的艺术才具和运用自如的技巧,发出了赞赏的感叹声。

回忆起"十载西湖",而且,对绝大部分词来说,回忆起过去的爱情和欢乐,都同回忆起杜牧(803—853年)的《遣怀》有关:

> 落魄江湖载酒行，
> 楚腰肠断掌中轻；
> 十年一觉扬州梦，
> 赢得青楼薄幸名。

词的鉴赏者们是非常熟悉唐诗的，他们无须费心思索，杜牧的诗句就会涌进脑海；不过，我们最好在这里停一停，观察一下有关一个人自己的过去的那些生动的、属于他个人的回忆，同有关诗歌所描写的过去的那些生动的形象，是怎样融合在一起的，观察一下特殊的东西是怎样变成合乎传统风格的类型化的东西的（正如雕琢精美的门上的那些精美的图案一样）。在他的整首词里，他的回忆借助那些取自旧有的诗和故事的片段而组织起来，在这里或那里换几个字，以表明这片过去的景色是他自己的——是西湖而不是"江湖"；用"十载"而不用"十年"；是杭州而不是扬州。但是，词人宁愿放弃这种特殊性，以此作为代价，来换取对一般类型的丰富的联想；当他吟起"十载西湖"时，我们听到的是"十年一觉扬州梦"。在这种回声里，我们立刻明白，紧接下去的这一阕将是对欢乐的回忆，我们了解它的模态，我们知道它一定会有的结局。

"溯红渐、招入仙溪。"沉浸于其中的过程，在回忆中"溯溪"而上，它的最后阶段就是对欢乐的回忆。在这里，个人的经验通过旧有的故事复原为回忆。把他引入欢乐之中的旅行和把他引回到回忆中的欢乐的旅行，变成了陶潜的那篇《桃花源记》中那个渔夫的旅行：跟着桃花缘溪而上，传奇中的渔夫发现了一个脱离了外界争斗，不知时日的"永恒"的社会。一旦他离开桃花源，渔夫就再也找不到它了。这个故事又隐没进另一个故事，在词人之中，后一个故事向来被用作两性相遇的象征：刘晨和阮肇怎样在食物告罄的情况下在天台山中旅行，他们怎样在溪边找到一棵桃树，并且在那里遇上两位好色的仙女，她们怎样留他们寻欢作乐达半年之久，"气候草木常似晚春"。"溯红渐、招入仙溪"——他毋庸再多说什么：正像写到柳树和"十载"那样，词的鉴赏者们立刻辨认出了其中的图像，这图像能够唤起某一种类型的经验。

"绣户"字面的意思是"绣花的门"；绣和织这样的语言为这种纷繁错综的艺术品提供一种重要的、比喻的词汇，在这样的艺术品里，单根的织线在整幅织物中消失不见了，个人的东西通过内旋的形式公之于众，其内旋的程度使得它无法被人看出，也无法再次还原为个人的东西。"锦儿"是个通常被人用来称呼所喜爱的侍女的名字，她带着"幽素"，"幽素"字面的意思是写有信的"藏着的白色丝绸"，可以想见，这是一封秘密信件。在"绣户"后面，没有公开的信息，也没有传递得一帆风顺的信息：在词的这幅绣帷上，织进了燕子带来的虚幻的消息，在这里又织进了秘密的信件，这信件是"偷寄"的，两人都默不作声，信也没有露面。这首词在错综纷繁曲折难辨的图案里把个人的回忆公之于众，它掩上"绣户"，并且使织物上的织线无从辨认：赤裸的肉体藏在衣袍之下，在衣袍上面，织有肉体和欲望的合乎传统的图案。

"倚银屏，春宽梦窄。"一些词评家告诉我们，这里所说的是绵长的春天和短暂的梦，然而，"宽"和"窄"这两个词用得很奇特。我们知道，春天之"宽"也可以指舒适、无忧无虑，可以用在纵情的意义上。他的梦之"窄",可以指他的欢乐表面上的短暂,就像在杜牧的"扬州梦"里那样,也可以指那些压缩过的、然而没有做梦的夜间睡眠。但是,"宽窄"是用在服装上的语言,也用在形容人们穿衣服的方式上,就像用在李商隐(约812—858年)《燕台》中那行诗里那样:"衣带无情有宽窄"。我们从这里可以看出由衣带反映出的变化:当着衣者志得意满、体态丰腴时,衣带就"窄",当有人因为恋爱的悲伤而日见消瘦时,衣带就"宽"。我们只有从背景上,从欢欣与悲伤的对比里,才能听出此中的意蕴来,不过,在这里,如同在整首词中一样,织物和衣服的隐秘的语言,是回忆借以浮现的基础。

在下一行词里,掩饰欲望的织物又出现了,沾有胭脂的泪珠溅在女子用来遮面的绢扇上,和她那镶有金线的衣衫上,织锦演化成缕缕柳丝和这些渴望的丝线。在此以前,当听众听到随着溪流漂动的"红渐"时,他们看到的是桃花;现在,在这些眼泪留下的斑痕里,他们看到的是胭脂。为了找到心爱的人,吴文英追随着粉红色的踪迹,追随着破碎的花瓣,循流而上,进入了凡人世界之外的欢乐场中;现在,就要分手了,这里出现了"断红",它们是胭脂的斑迹,我们追随这些斑迹,从她脸颊上的泪痕中"顺流而下",她的泪水沾湿了她的绢扇和衣衫。回忆随着相逢与离别、溯流而上与顺流而下的节奏而运动,它追随水流上漂动的红色斑迹,这些斑迹既是现实的,也是比喻的。词的鉴赏家们为精美组织起的回忆赞美地感叹出声来;他们等待着发生在景色上的变化也发生在女子身上——在回忆的薄雾里,两者都是温馨迷人的,两者都带有染上红色斑迹的水流,扇子和衣衫上带有颜色的泪痕,织锦上回忆的标志。

在这一阕的结尾,他必须驱散他追忆起的欢乐,改变词的情调,转向他真正关心的东西——不是回忆起的东西,而是回忆的行为,他把它留给了第三阕。"暝堤空,轻把斜阳,总还鸥鹭。"她一面吟唱着离别的词,一面抽泣着,告别酒宴的宾客四下分散,各自踏上归程,西湖之上空无一人。词在这一阕的结尾又把我们带回暮色里,现在,眼前是一片空荡荡的场景,空寂的堤岸留给鸟儿去停栖。然而,词的鉴赏家们特别留心到"轻"这个词,它是纵情在此时此刻欢乐中的人的那种漫不经心和不作未雨绸缪的反映。这个词语表现出了这首词中感情的运动,它提醒我们注意到他此时是站在哪里;只有当他认识到这样的时刻被放弃得"太轻易"了的时候,他才说得出这个词语来。人们只有在回忆起往事时,才会认识到它的真正价值,因此,这样的回忆比起浑浑噩噩、稀里糊涂的往事本身来,要丰富得多。

> 幽兰旋老,
> 杜若还生,
> 水乡尚寄旅。
> 别后访、六桥无信,
> 事往花委,
> 瘗玉埋香,
> 几番风雨。
> 长波妒盼,
> 遥山羞黛,
> 渔灯分影春江宿。
> 记当时、短楫桃根渡。

追 忆

> 青楼仿佛,
> 临分败壁题诗,
> 泪墨惨澹尘土。

　　价值和感情的力量不是在回忆起的景色里,而是在回忆的行动和回忆的情态中。反顾的痛苦被细细品味着。花落花开标志着岁月的流逝,每一株开败的花都使人想起失落的痛苦,每一株盛开的花都撩拨着这种痛苦。人们习惯于用花来比作女子,他为了要回忆而细心观察它们的变化。他又一次进入景色,成为其中的一个形象:他回忆起他自己正在回忆,回忆起他每次在晚春重新游访西湖六桥观赏开败的花朵时的情景。这样的举动以及用词来表现这样的举动是某种晚春时的春祀,是把这种特殊的行为还原为重复出现的样式,这种样式是对自然的那些重复出现的样式的模仿。萎落于地的花朵本身是没有意义的;它们的存在是为了象征人间的失落。

　　词里面的象征意义、习惯和复现的样式,同这些在晚春举行春祀的行为一样,都是复现的表现。我的经验重复了杜牧的经验;把我的渴望看成缕缕柳丝,重复了成千位其他人理解他们感受的那种方式。古代的祀礼在它们的公有性和重复性中提供了一种形式,通过这种形式,我们能够在我们所爱的亡故者中遇上失去的东西,同样,诗的祀礼把世界中特殊的东西还原为象征和复现的样式,凭借它,我们能够感受到在回忆中认识到的失落的意义。这种艺术把现实和突如其来的痛苦关在门外,然后一遍一遍又一遍地把这种痛苦涂绘到门上。

　　在这种痛苦的祀礼里,祭祀中用以替代牺牲物的东西通过艺术转化成了图形:公羊代替初生的比撒(事见《旧约·创世记》第22章),陶俑在国王的陵墓中代替他的侍从,落花代替失去的爱——在一件遮盖肉体的绣袍上的那些欲望的图案,或是在一首遮盖心灵的精镂细琢的词里的那些欲望的象征。一样东西既唤起也取代了另一样东西,所以能做到这一点,是因为借以取代的东西是一种保护物,一种"遮盖物"。"娇尘软雾"为词人享用着,它们也象征着同这名女子的云雨之好;带着粉红花瓣流动着的神秘的溪流,变成了带有胭脂斑迹的泪痕的象征;还有"长波妒盼,遥山羞黛"。因为知道人们习惯于把女子诱人的目光比作秋波,知道她的眉毛就是人们常说的远山眉,词的赞赏者们在这里带着赞许会心地微笑了。失去所爱的人,无论她是活着还是死了,都是一种消散;她被撒落在湖里、山中和落花里。在以前的一些诗里,心爱者散落在景色里,成了一种萦绕在诗人心间的、富有魔力的东西,但在这里不同——它们是可靠的、诗的交换,和悼念失落的错综复杂的祀礼。

  我所爱的女子成了景色之中的这一部分或那一部分;我所爱的女子成了别人爱的女子,也许成了"桃根",或是她的姊妹"桃叶",她是晋朝求爱者王献之的心上人:

> 桃叶复桃叶,
> 渡江不用楫。
> 但渡无所苦,
> 我自迎接汝。

同这首短诗中的"楫"和"渡"遥相呼应,吴文英应当把他的心爱者称为"桃叶",而不是她的姊妹"桃根";但是,词的格律限制了他的选择,而且姐妹俩是能够相互代替的,正如两个人都能取代他的心爱者,也正如可以把桃叶说成是真正的桃叶,它"渡江不用楫"。

双关语、一名双指、李代桃僵——把女子比作桃叶和桃根,这些我们在许多场合都可以看到:跟随粉红的桃花溯流而上,"不用楫"而漂向他的花朵,变为离别泪中胭脂的粉红斑迹的花朵,在几番风雨中瘗玉埋香的花朵。因为在刺绣的艺术中各种图案错综交织,相互重叠,各种织线和图形在绣帷中藏头露尾,因此,在整幅织物里和织物的总的图样中,就看不出具体的织线和图样。这大概就是唐代的评论家司空图在《诗品》中描绘"缜密"时所说的:

> 是有真迹,
> 如不可知。
> 意象欲出,
> 造化已奇。
> ……
> 犹春于绿,
> 明月雪时。

司空图力图要描绘出一种难以把握的性质,在其中,就像春景中的绿色和雪景中的月光一样,在整体的错综交织的画境里,个别的形式几乎辨别不出来。

桃叶、桃根姐妹使我们想起了漂流在溪水中的粉红桃花,这些花瓣转而又使我们想到泪水中粉红色斑斑胭脂,它们在绢扇和衣衫上留下了痕迹。这时,我们听到了"青楼仿佛,临分败壁题诗,泪墨惨澹尘土"的词句。词的鉴赏家们完全折服了——吴文英不愧是一位组织错综交织形象的大师,这是一幅重绣细挑的织锦画。他们明白了"渔灯"、"分影"怎样引导他想到先前隔水相望的时刻,怎样使他差强人意地与王献之关于相逢和迎接的诗歌遥相呼应。他们听到桃花和桃叶随流而下,而现在,时间发生倒转,又溯流而上,又到了"临分"的时刻,在那里,他的眼泪落进墨汁里,正如她的眼泪带有胭脂的花斑。他是一名大胆的艺术家,如同在前面一阕中他反复使用红色一样,在这一阕里,他无所顾忌地重复着"分"的场面。

然而,最为错综纷繁的东西是在眼泪里,眼泪染上了胭脂的斑迹,它又在绢扇和衣衫上留下自己的痕迹,它写出了离别——花瓣在水上漂动又埋身于水中,红色的胭脂掺进泪水中又落到绢扇和衣衫上,现在,眼泪落进墨汁里又被写到墙上,如今它被埋在灰尘下。隐秘的信息,用掺有泪水的墨汁写下的诗,全都随着时间的流逝而变得暗淡了,全被埋在灰土之下。这些写在颓壁上的落满灰尘的诗,在这里移进了杜牧的欢乐场中的"青楼",此时,青楼在眼前恍然飘忽,成了双重的暗淡不清的叠影。织物中、墙上和雕花的门上的那些图像的模糊不清和暗淡不明,正是错综纷繁由以组成的因素,而且,它本身也是回忆和时光流逝的一种象征。

危亭望极,
草色天涯,

追 忆

> 叹鬓侵半苎。
> 暗点检、离痕欢唾,
> 尚染鲛绡,
> 鸾凤迷归,
> 破鸾慵舞。
> 殷勤待写,
> 书中长恨,
> 蓝霞辽海沉过雁,
> 漫相思、弹入哀筝柱。
> 伤心千里江南,
> 怨曲重招,
> 断魂在否?

词演唱完了,园中的宾客惬意地闭上了眼睛。每一阕词,每一幅重绣细挑的织锦,都是回忆和渴望的演进过程中的一个各自有别的发展阶段。首先我们遇到的是激起回忆的场合,然后被带离这样的场景,溯流而上,带进了过去的时代,带入了以往的欢乐,接着,在第三阕里,我们在回忆的复归之流中重新顺水而下,最后,在这一阕里,我们又回到了现实。他在急不可耐的希求和盼望中期待着未来。由于这些期望未能实现,整个演进过程又回归到它自身,正是由于未能实现,才驱使他在词里重新推演了这个过程——在这首他刚刚演唱的词里。

宋玉在公元前三世纪写过一首《招魂》,据说是为了招回屈原之魂而写的,后者在江南的沼泽地中绝望地踯躅徘徊。吴文英这首词最后二行同《招魂》遥相呼应,这种呼应为这一阕词定下

了基调。宋玉写道:

> 湛湛江水兮,上有枫;
> 目极千里兮,伤春心;
> 魂兮归来,哀江南。

《招魂》是人们极为熟悉的。用到它并没有什么韵外之致,不过,这里不需要韵外之致——这是哀伤的呼喊。如同在"瘗玉埋香"里一样,这种呼应带有强烈的死亡的弦外之音。信息非常清楚:回来你就继续活下去,远留在外你就命归黄泉。在整首词里,有关破裂和分离的用语比比皆是——从脸上脱落下的星星点点的脂粉("分影"),由于配偶之"破"而茕茕孑立的鸾,在最后这行词里出现了最根本的分裂——灵魂从躯体中,从吴文英的身上分离出去了。

在最后这阕词里,特殊的关联和属于个人的回忆,几乎完全消失在典故和常用的比喻里,消失在类型化的和普遍化的说法中。登高远望,这是一种在诗词中被人用滥了的姿态,是渴望回家或是渴望某种东西回到你身边的标志。远眺者放眼天外,看到的只是一片绿色的植被,这表示他看不到所要看的地方,见不到所要见的人,眼前的景色就像远眺者的思想一样,向外伸展了又伸展。时近晚春,草木越来越茂盛和浓绿,它们标志着季节的转换,使人想起岁月的流逝和远眺者已见斑白的鬓发。吴文英不是一味因袭,而是在继承前人的东西时发挥了自己的技巧,他不无寓意地用植物的颜色来形容年轻人有光泽的发色,他想到了"苎",想到了这种浅黄色的茅草爬进了他自己的头发。在这个委顿的身影中,因为她的爱人也隐入了随着季节的转换而循环发展的植物界,我们就在这位女子作为花的形象上添上了最后的一笔。

使我们感到迷惑不解的是:当在将近结尾,情感越发展越浓烈的时候,人为的技巧也相应地越发展越清晰了——那种种向读者发出信号的比喻的表现,体现出擅长此术的技艺,反映出与所描绘的境遇在情感上的距离。它同《乐府指迷》这部教人们如何作词的书中所说的"如说情,不可太露"并不完全一样;不过,其中的动机,即直接表露强烈的感受会使人感到不快,这一点则是相同的。这里涉及到的问题,并不只是用间接的方式可以更有效地传递情感,虽然这是这种冲动得到首肯的理由;更重要的是在非要用间接方式这种要求背后存在的一种假设,即作者为了要控制住情感的表现传达,必须同它保持一定的距离。这样的控制同把诗歌看作内在生活的自然流露的古代理论是大相径庭的;这种后起的、精巧的词的艺术,细心地把情感重新加以编织;情感越是炽烈,要主宰它们就越离不开控制。

"尚染鲛绡"给人带来一种人体飘忽不定的奇特意象,它同所有别的由染上斑迹的织物构成的遮掩物相互呼应,在这个意象里,上面所说的人工技巧的痕迹相当清楚。把"欢唾"解释为"欢乐湿润的嘴唇"是相当贴切的,它也许暗示着在分泌唾液的销魂之乐以外的别的液体。在这里,词的作者在溪流中粉红色的花瓣、泪痕中星星点点的胭脂,以及用被泪水冲淡的墨汁写成的墨色不浓的诗这些形象上,添上了最后一笔:所有这些四散的液体流到一起来,浸湿和染污了鲛绡。在中文里,上色和情感的影响都被称之为"染"。不过,对身体在快乐和痛苦中自然飘荡的这种颇费心思的斟酌推敲,是带有夸张的,这种夸张与其说使人了解到作者的感受，还不如说使人了解到他的智巧。

他一个接一个地为他的绣帷上的每一组图像描绘出结尾：草木和花的图案完成了；流水的图案完成了。现在，他又完成了鸟的图案：在传送音讯的那对燕子之后，在独步于西湖岸边的鸥鹭之后，在这里，我们转向了那只神奇的、孤独的大鸟，它是词人的形象。古时候有一首据说是司马相如写给他的恋人卓文君的《琴歌》：

> 凤兮凤兮归故乡，
> 遨游四海求其皇。

然而，吴文英这只凤却没有找到他的皇，巨翼耷拉下来。鸾被捕捉住了，但是，没有另一只鸾，它唱不出美丽的歌；据这则传奇说，为了使它歌唱，用了一面镜子来造出另一只鸾的幻影。为了完成这组图像，必须还有另一群鸟：给人带来消息但是并没有真的飞来的大雁，在第一阕里，作为信使的燕子飞来了，告诉他时间已经将近晚春了，这里的大雁是反向的燕子形象。他等待着书信，等待着从书信中看到他自己的"长恨"怎样从影中像里反映出来。他等着听到她的"殷勤"（恳切深厚的情意），正如吴文英等待着"桃叶"不用楫而漂过河来。但是，如同许多别的在这首词中传送的消息一样——通过燕子比喻传来的消息，偷寄的幽素，书写在败壁上、仿佛出现在眼前的诗——这些消息没有露到图案的表面来：排成单行、双行和人字行的大雁，也沉没在蓝色云彩的背后。

绣户关上了；现在，他保持着被动的状态，就像他曾经被招往欢乐之溪一样,他等待着传来相应的悲怨的声音。最后,如同她把他招向欢乐一样,此时,他为她召唤魂兮归来。这些召唤并没有露到布满错综交织图案的绣帷表面来。听不到回答的声音,于是,他的欲望和思念又朝内旋转回去,转进了词的画锦里,变成了它的错综地缠绕在一起的图案,它们是从筝弦上弹出来的,筝弦与织线一样,也是与思念的"思"谐音的"丝"。

在中国的传统里,恐怕没有谁的诗像吴文英的词那样执著地同回忆和回忆的行为缠绕在一起。一名离开他没有再回来的女子,从生平上为理解他的许多首词提供了背景。但是,吴文英的回忆的意向可以同任何主题拴系在一起;读了他的全部词作,我们可以明白,是他对回忆的迷恋影响和制约了他对被遗弃的反应,而不是相反。

然而,在吴文英的这些词里和吴文英同时代许多别的词人的词里,回忆同大多数先前的诗和散文中的回忆的作用相比,性质有所不同。回忆被仔细品味着,它变得更美丽,更不具有危险,更不会引起非议了。这种在哀婉的情调中培植起的欢乐,同这些词的细致的、自觉的艺术是不可分割的。我使用"艺术"这个术语是经过仔细考虑,严格按其本意而言的。在早期的诗里,诗人的定型和诠释的力量,同他置身其中的那个世界的起决定作用的力量之间,不断发生相互影响;艺术的结构力是存在的,不过,在最优秀的诗里,它同生活的往事相持不下,后者并不总是服从艺术的规则。相反,在词里,作者的结构力居于主导地位:植物、动物、季节、天气和时间,都被搬离生活世界重新加以组织,不是根据经验世界的规则,而是根据内在情感世界的法则。

因为回忆具有根据个人的回忆动机来构建过去的力量,因为它能够摆脱我们所继承的经验世界的强制干扰,在"创造"诗的世界的诗的艺术里,回忆就成了最优模式(差堪相比的要数梦了,在叙事和戏剧的传统中,它是最有力量的模式)。在这种建立在回忆模式之上的艺术里,一种双重性出现了:回忆不仅是词的模式,而且是词所偏爱的主题。

创造一个艺术世界(而不是同我们继承的世界抗争),就是求助于动机而断言完全控制了所要控制的东西。借助于一些极为危险的力量,它在象征的水平上,在某种程度里揭示了生活世界中的凶兆,这些危险的力量要求自身得到完整的重建。这样一种艺术关上了雕有图案的门,以抵御欺凌于人的寒气。在吴文英那里,审美回忆的时尚不仅使得注意力从危机四伏的现实上收回来,而且使得个人的痛苦的回忆得到控制,它使它们变得美丽,教它们在失落的伤痛中寻找欢乐,使得回忆的场合和回忆的行为,而不是回忆起的东西,占据了中心地位。这种通过艺术而得到的控制是虚幻的,它置身在复现这种心理上不可抗拒的冲动中。吴文英在上百种不同的翻版中,一遍又一遍地反复写下了这同一首关于失落和回忆的词。

这扇雕琢华美抵挡了寒气的门就是"绣户",这是一块神奇的织物,它上面所绣的形象保护他免受它所遮盖的欲望的侵害,或者,换一种说法,它上面所绣的正是它所要遮盖的欲望的形象。通过这首词的演进过程,这块奇特的织物织成了——织进了渴求的丝线和筝的丝弦,同墨汁和脂胭掺合在一起的体液使它褪了色,在它上面还绣有花鸟风景的图案,这些图案取代了内在的情感世界,这个世界靠词汇是描绘不出来的。

8 为了被回忆

《中庸》是儒家的经典,在它的那些论"诚"的中心章节里,培养诚的过程被描写为人可以借此而成为天地对应物的途径。接着就有了下面这段值得注意的论断(《中庸》第二十六章):

> 天地之道,可一言而尽也:其为物不贰,则其生物不测。

在许多方面,这段话也把《中庸》"一言而尽"了;人的完善是成为自然,自然的决定性条件是它的整一性——意愿与行为之间、内在的东西和外在的东西之间,没有变易和距隔。自然的所作所为是深不可测的,因为,正像十二世纪的哲学家朱熹所说的,没有人说得出为什么它要按照它由以发展的方式发展;自然是所有动机和原因的链条的终端。只有在一个二元的世界里,在一个所作所为先是被计划,然后被执行,有一连串通向过去的动机和原因可以向回追溯的世界里,才会产生"为什么"这样的问题。

问:"作文害道否?"

曰:"害也。凡为文,不专意则不工,若专意则志局于此,又安能与天地同其大也?"(程颐:《二程遗书》卷十八)

类似程颐的这些哲学家对文学抱有怀疑态度,是有理由的:心志专意于写作,是从一根连接其他心神俱往的爱好的链条中生发出来的,每一种这样的爱好,都专心致志于有限的、单独的、有别于他物的东西。文学似乎把人类所有内在的各自有别的领域全都具体化了,因而也把人同自然的区别具体化了。甚至是决意要抹掉自我和动机的尝试,就像八世纪诗人王维的作品那样,自身也恰恰表现为想要抹掉自我的尝试,这本身就是一种通过沉默而呼喊出来的动机。在经典的诗论《诗经》的"大序"里,诗的概念是通过存在于人的内在世界的东西与出现在人的外在世界的东西之间的区别来限定的。即使是最完美的透明度,也会使那块清澈的玻璃出现在我们眼前,调动我们的注意力,向内去测度潜在的可测度的东西。孔子是圣人,他一首诗也没有写过,文学为我们失意的状态留下了令人痛苦的证据:正如韩愈所说的,是一种"不得其平而鸣"的产物。

回忆是不落窠臼的,是别具一格的,它不是那种一成不变的东西。除非我们把复现的事件同某一具体时间、具体地点和我们生活中的某一具体时刻连在一起,否则,我们不会回忆起潺潺流水和盛开的花朵。《中庸》强调圣人以及他的智慧的延续性,这种延续如同自然一样绵延不竭。由于我们生活中失去了圣人,圣人已经谢世而去,由于圣人成了回忆的对象,因此,圣人和他所以成为圣人的品质,也就成了反思的对象。回忆和回忆的可能性是同骤然的中止、间断，以及某些在稳定地、自顾自地发展的自然中被无意地冲到表层来的东西联系在一起的。程颐认为圣人与天地同在，相比而言，对文学的热诚是有局限性的，他说文学有局限性，这是对的；文学就其性质而言，确实像他所说的，是整体中的一个分支。文学是圣人不能成为圣人的一个缘由：文学需要说"我是"、"我曾经是"。

人们可以注意到在中国的艺术思想里既没有论述美也没有论述崇高这个引人注目的事实。这两个概念反映的都是纯主体与纯客体之间的异化和对立。因此，有人就把避开两者之间真正的联系当作自由。对裸体画的观照就是这种艺术观和审美经验的代表，它教人们保持一种距离，这种距离既可以使欲望也可以使欲望的否定得到升华。与此相反，中国人的思想强有力地趋向于统一和再统一。圣人就是这一过程的完满的结果，他通过某种深奥的途径与天地同在。如果用家庭来打比方，圣人就是孩子眼中的父母，是某个行为与动机完美地统一起来的人，他（她）的"我是"不但不是从整体中区分出来，而且代表了整体，在这个整体里，孩子的"我是"则使他与整体有了区别，把他从整体中分离出来。

但是，孩子永远也不能成为他或她所见到的父母；回忆总是使我们成为某个人的孩子，在这种角色里我们犹如古代奉行孝道的典范老莱子，终身注定要满头白发地在比他年纪更大的父母面前嬉闹。有人也许会企求分享圣人—父母的可以觉察到的、顺乎自然的存在的整一性，但是，这种欲求本身就存在有动议和实行的区别。

作家和诗人在追求统一的过程中代表了一个不完善的、但是能够达到的阶段。在这里，我们发现了某种程度的统一，它同对身份的申明以及那种使其能够说"我是"、说出他不是独自一人的资格结合在一起，这是一种令人焦躁不安的情况，一种"不平"，因为对其身份的申明无形中就把一个人同整体分离开了，并且使他带上了对孤独和失落的恐惧。自我的申明同重新统一进世界大家庭之间的辩证运动，贯穿于中国古典文学之中。在这里，死亡后的孤独是最高形式的孤独，写下来的被人回忆的希望，重新建立起了同其他人的关系。因此，在文学作品里写下来的"我是"，既是申明其身份，也是希望被人回忆和始终能被人认得出来。在文学中，人们选择的是已被圣人超越和忘却的道路，人们竭尽全力地"专意"于刻下永恒的"我是"。伴随这样一种行为而出现的强烈的恐惧和欲望，恰恰产生出双重性，产生出内在人和外在人之间的区别，这同天地和圣人是反其道而行之的。

这些关切之情所具有的力量，只要观察一下在中国古典文学中某些问题和境遇是多么频繁地同时出现，就能够得到证实；当它们同时出现的时候，它们常常使得作品承担了它所难以承担的力量——使它变得错综复杂、相互矛盾，而且常常使它带有某种不自然的戏谑的味道，或是某种情感的刺耳的粗糙之声。下面这些就是经常一起出现的：写作动机的问题，作品的永恒性的问题，以及某种失落、分离和被社会摒弃的形式。与其说是既定的动机或是声称没有动机使我们惊讶，还不如说是对动机的无穷无尽的关切之情使我们惊讶。作者可以对我们说他的作品将要世世代代流传下去，也可以对我们讲他把它放在床下谁也不会发现的地方，但是，在这两种情况里，他都表现出对是不是会有人读他的作品以及什么时候读所抱的不变的兴趣。如果这样的问题出现在脑海里,我们可以肯定,作者对我们所读到的作品是非常关心的,后来的读者反过来又对此产生强烈的反响。

在明朝灭亡之后,张岱(约1597—1679年后)写了一本书,追忆在清朝统治之前他在南方的生活:《陶庵梦忆》。张岱自己为这本书写的序是一篇值得注意的文章,在其中,所有这些关切之情都通过混乱和相互矛盾,通过激情一起表现出来。

> 陶庵国破家亡,无所归止。披发入山,骇骇为野人。故旧见之,如毒药猛兽,愕窒不敢与接。作自挽诗,每欲引决,因石匮书未成,尚视息人世。然瓶粟屡罄,不能举火。始知首阳二老直头饿死,不食周粟,还是后人妆点语也。
>
> 饥饿之余,好弄笔墨。因思昔人生长王谢,颇事豪华,今日罹此果报。以笠报颅,以篑报踵,仇簪履也。以衲报裘,以苎报绨,仇轻煖也。以藿报肉,以粝报粻,仇甘旨也。以荐报床,以石报枕,仇温柔也。以绳报枢,以瓮报牖,仇爽垲也。以烟报目,以粪报鼻,仇香艳也。以途报足,以囊报肩,仇舆从也。种种罪案,从种种果报中见之。
>
> 鸡鸣枕上,夜气方回,因想余生平,繁华靡丽,过眼皆空,五十年来总成一梦。今当黍熟黄粱,车旅蚁穴,当作如何消受?遥思往事,忆即书之,持向佛前,一一忏悔。不次岁月,异年谱也。不分门类,别志林也。偶拈一则,如游旧径,如见故人。城郭人民,翻用自喜。真所谓痴人前不得说梦矣。昔有西陵脚夫为人担酒,失足破其瓮。念无所偿,痴坐伫想曰:"得是梦便好。"寒士乡试中式,方赴鹿鸣宴。恍

然犹意非真,自啮其臂曰:"莫是梦否?"一梦耳,惟恐其非梦,又惟恐其是梦,其为痴人则一也。

余今大梦将寤,犹事雕虫,又是一番梦呓。因叹慧业文人,名心难化,正如邯郸梦断,漏尽钟鸣,卢生遗表,犹思摹拓二王,以流传后世。则其名根一点,坚固如佛家舍利,劫火猛烈,犹烧之不失也。

他的自序在谈及写这本书的原因时是非常慷慨的,它为这是一本什么书和这本书是在什么情况下写成的提供了足够多的解释。它是一种消遣和乐趣,是他在清贫的生活和绝望中所能有的最后的乐趣。它是一部罪孽的总账,把它写出来就是一种赎罪的举动。它仅仅是梦呓;它是对回忆和不朽的一种无望的希望,是一种自言其愚的举动。同他对名声的眷恋一样,它是舍利,是在佛祖的灰烬中出现的永恒的珍宝,即使是猛烈的劫火也无法摧毁的珍宝。

这些自我解释的分句有一个递进的和排比的复杂顺序。写下这些是他惟一的乐趣,它们集中了他的痛苦、他的荣耀和可笑的愚蠢、稍纵即逝的喃喃自语和宇宙间永恒的"物"。在为他的写作而作的一连串解释之中,他自己由于写作而从绝望中逐渐产生了被人回忆的希望。作为消遣和娱乐,写作并不寄希望于未来;作为对它所罗列的这一系列罪案的赎罪,写作则是预见到了未来的审判。从这里我们可以见到不朽的观念,它消散为一种无望的希望;但是,在能够烧毁这个世界一切无望的幻影的劫火中,舍利出现了,它是一种眷恋之情,对他自己的回忆的眷恋,对他所抱的一种希望的眷恋,这种希望就是希望他自己能够通过这些具体化为他的作品的回忆而被后人回忆起来。

　　自序在一开始就表明他同社会脱离了所有的联系,从社会中分离出来了:国破家亡,无处可归,他成了吓跑尚有的朋友的野人。张岱成了中国传统里典型的孤寂和痛苦的形象,成了屈原的新的化身,对屈原来说,接下来不得不走的一步就是自杀。如同屈原在投江自尽以前哀悼自己一样,张岱也写了自挽诗。然而,有一件事把他从死亡的边缘拉了回来:"因石匮书未成,尚视息人世。"这些"石匮书"就是张岱的明史稿;他同生活之间纤细的联系是他对过去的回忆,以及把它们记录下来的使命。这类非官修的历史被称为"野史",这是一件同"野人"相称的工作。在这里,我们想到了很久以前另一个险些自杀的人,他由于必须完成他作为历史学家而要完成的工作,而隐忍苟活下来——司马迁,汉代的大史学家,他没有接受没有明言的要他引决自裁的命令,宁愿接受朝廷宫刑的惩处。在《报任少卿书》里,司马迁谈到了要用文学上的世代相传,来弥补由于宫刑而丧失了的另一种世代相传。这样的例子,是有可能出现在一个由于明朝的灭亡而"家亡"的人的回忆中的。

　　张岱不但回忆到过去,而且回忆起了前人作为典范而经常回忆起的人物:司马迁和两名商朝的不贰之臣伯夷和叔齐,夷、齐在他们的王朝覆灭后,躲进了首阳山的"野地","不食周粟",饿死在那里。这种情况与张岱相似,他也忠实于覆灭的明朝,然而,他发现自己虽然忍饥挨饿,还是活了下来。被回忆起的这个故事在现实中行不通;它肯定是一则传闻,是经过"妆点"的故事,是一则古代的谎言。是谁把这个古代谎言告诉我们的呢?——是司马迁这位大史学家,他忍辱含垢地活了下来,为的是要回忆和写作。

张岱为了记录过去而活了下来,古人成为他的榜样,但是,由于产生了怀疑,感到难以凭信,这些榜样出现了裂纹。是写作使他免于一死,因为他要告诉我们有关那些没有为自己写作的人的故事,这些人出于荣誉感和绝望的心理而埋骨黄土了。这样的故事使活着把它们写出来的作家感到羞愧:作为榜样的史事使他感到痛苦,因此,它一定是谎言。他从历史著述令人生疑的流传过程上转身走开,转向较为狭义的、就回忆的意义来说较为可信的追忆上来。

离开用在"石匮"手稿上的艰巨的劳作,他转到眼前这本回忆录以及为什么要写它的动机上来:从"饥饿中舞文弄墨的欲念"转到"以笔墨自娱"。吃不吃的问题在传统上常常与写不写的问题联系在一起,不过,这仍然是一个极为特殊的结合,它使得写作同生存和生活的结合出现得更为频繁了,张岱在他的表述里,不但把辘辘饥肠同写作结合在一起,而且把难熬的饥火同快感结合在一起,这就使人想起了古时候的一种价值观:

子曰:"贤哉回也,一箪食,一瓢饮,在陋巷。人不堪其忧,回也不改其乐。贤哉回也。"(《论语·雍也》)

正是这种磨难中的快乐促成了这本回忆录,相对支持他进行历史著述的冷冰冰的诫命来,比起"固穷"来,这种快乐地位更高。

他告诉我们他是为了快感而写作的,而且,尽管在困穷的环境中保持舒心的愉悦不失为一种美德,然而,我们很快就发现,他回忆的对象和他的快感的来源自身称不上是美德——它们是过去的豪华生活。这是一种极为特殊的需要,在现实的艰辛之中,通过回想和写出过去生活的快乐来寻找借以自娱的东西,这些艰辛,每一则都是对过去的淫逸无度的报应。我们本会料想他有可能列举出过去同现实生活之间的对比,然而,他列举的是一连串罪案,像是在宣读起诉书。他把他的往事翻译为佛教因果报应的商业化的版本,在其中,每一件事的出现都带有对过去罪孽的逐条列举的账单,一张非付不可的账单。"忆即书之,持向佛前,一一忏悔。"他对他的书所作的这种解释,实际上只是一种姿态,只是我们的私人史家自己所做的一种"妆点":无论是在自序里还是在回忆录的本文中,我们发现的只有渴望、眷恋和欲望,找不到一丝一毫的悔恨和忏悔。然而,如果我们进一步加以考察,我们就可以在他的对称的用以赎罪的苦行中发现一种结构,这种结构将持续和延长他的生命;每一种生活的快乐现在都必须借助一种生活的艰辛来得到平衡。正如写作的行为把他从死亡的边缘拉了回来,写作的行为也使他发现了他必须继续生活下去的理由。这样列举是出于喜爱,是在回忆中追求越来越多的淫逸之乐,这些淫逸之乐所欠下的债,是他现在非得偿还不可的。

  从因果报应这种简单的机械运转,张岱转向了另一种常见的佛教的解释:世界只不过是一个幻影,或者,用十六、十七世纪被人用滥的一个比喻来说,生活是一场梦。"鸡鸣枕上,夜气方回,因想余生平,繁华靡丽,过眼皆空,五十年来总成一梦。"每天早晨他都从过去生活的梦境中醒过来,然后在醒着的回忆里重温这些过去的梦,它本身也是一个长梦,同夜里所作的那些梦并没有什么区别。每当这些白日的梦出现时,他就把它们写了下来。他把他回忆录的不次岁月、不分门类说成是梦的无序状态的反映。在这里，我们又发现了为什么写这本书的另一个解释："偶拈一则，如游旧径，如见故人。"所以要写它，是因为有意想要回到、复现和抓紧偶然出现的回忆，就像他又意外地回到了最初的地方和事件中去似的。

张岱这样无秩序地罗列过去的欢愉和现在的报应，他在回忆录的开头表现出的这种随意性，梦的断片出现的偶然性，甚至是这篇前言里自我解释的无序状态以及对这些自我解释行为的自我否定，所有这些无序状态都是精心构思的，是一种深有寓意的形式。史学家的著作所涉及到的，是固定的周转、事件的有顺序的演进以及直线的发展过程，这种演进和发展无可更改地导致国家的毁灭、家庭的毁灭和作家的毁灭。然而，无序地堆积在一起的回忆和回忆录打断了这种直线性；所有的生活都变得同样可以接近，因而，在某种意义上，同样可以复现。他对过去的随意挑选，这种零散不成系统的叙述方式，本身就是一种生活的证明。

正如在西方的诗学中隐喻是一种非常重要的用于替代的修辞手段，在中国的传统里，用典和咏史大概是最有力的用于替代的修辞手段。用典和咏史同历史和回忆相似，是回想而不是虚构，这一点相当重要。一个杰出的隐喻往往不受作家的控制，而且从本质上讲，是无法控制的：一个在隐喻背后，甚至是在隐喻的展开过程中的简单的意向陈述，控制不了隐喻所产生的作用。同样，在用典和咏史中，作家可以简单地指出借以比较的基础，但是，旧有的原意非常有力，它可以使得原非此意的新东西屈从于它。

张岱自序中的"城郭人民"，用的就是丁令威的典故，丁令威是一个在灵虚山上学道的道家大师。在他修道期间岁月不知不觉地消逝而去,直到最后,他化身为鹤,飞回辽东,重访他的家乡。他所见到的人他都不认识。当他停栖在城门上时,看见一个少年举起弓要射他,他于是飞到空中唱道:

> 有鸟有鸟丁令威,
> 去家千年今始归。
> 城郭如故人民非,
> 何不学仙冢累累。

张岱在回忆中重访了过去常去的地方,看到了"城郭人民",但是,同丁令威不一样,他感到"自喜"。为什么出现在脑海里的是这个典故?他想要告诉我们,丁令威重访年轻时的故地没有得到快乐,他却得到了。但是,张岱的解释与其中涉及的事所拥有的令人困惑的分量相比,是软弱无力的,它涉及重访故地的那个人,他活了下来,预见到会有令人失望的事,会被世人遗弃,受到来自生活世界的欺凌的威胁,他在回忆和写作中追求另一种不朽。

丁令威认识到他已经成为过去世界中的陌路人,张岱则声称他在那里如鱼得水,而且在其中找到了快乐,同时,他又讥讽了他的快乐和它的虚幻不实。在他说到对他过去生活的悔恨时,我们从字里行间读到的是他在回忆中对欢乐的耽溺沉迷;在他说到欢乐时,我们读到的却是回忆带来的痛苦,是危险,是自嘲,是由于无法逃离它们而产生的愤怒。他把自己叫做痴人,"痴人前不得说梦",因为他会信以为真,我也一样。不过,他把这一点告诉了我们,他就告诉了我们他不会信以为真。在文章中,回忆同过去的现实之间的界限消失了。我们现在弄不清楚他究竟指的是什么了。他对我们说了两则关于痴人的事,每一则都针对他自己。一个想要说所谓真实的东西实际上只不过是一个梦;另一个则害怕真实的东西只是一个梦。最后,我们有了三种情况的痴人——一个痴人相信梦是真实的;两个痴人相信所谓真实的东西只不过是一个梦,其中一个希望是这样,另一个害怕是这样。在他自己的情况里,可以有许许多多相互不协调的可能性,上述的三种痴法就寄身在这些可能性中;它们谁也说服不了谁,相互攻评,相互否定,在留给我们的这一片使人无所适从的景象里,只有一点是清楚的:"痴人!"

"余今大梦将寤,犹事雕虫,又是一番梦呓。"他恼怒地抨击他的写作,现在把它说成是一种强制的、不欲为而为之的艺术,就像回忆本身一样。他看出它是雕虫小技,但又无法控制自己。无论是在回忆中还是在写作中,他都执著地抓住生活不放,然而,他又因为自己的这种不欲为而为之的举动而讥讽和蔑视他自己。他接着加之于自己的另一则典故是颇具挖苦意味的。他把自己看作是《枕中记》里的卢生,刚从虚幻的梦中生活里醒过来。当醒过来的时候,卢生认识到他所经历的一切都是一种毫无意义的幻影。有人为这个故事作过一点补充,就是在他刚要醒的时候,他正在递交最后一份奏折,要摹拓王羲之和王献之的书法墨迹,以便让它们世世代代流传下去。这个情节在《枕中记》最初的版本中是没有的;它是后人的"妆点",是那种想把过去流传到将来的无谓的热诚和无益的努力的一种象征。这里是张岱,他刚从生活中醒悟过来,费精耗神地撰写着他的回忆录,结果却发现无论是他自己还是他的回忆，都是不值得一提的。

不过，在这种讥讽地把虚妄叠着虚妄摞起来的过程中，产生了一个值得注意的结论：对一个人的"名"的锲而不舍的眷恋之情，会使它成为劫火难焚的舍利。它不但突兀地、陡然地否定了梦的主题，而且否定了同舍利有关的所有的佛教寓意：这不是一颗来自摆脱一切俗世羁绊而入定成佛的舍利，而是一颗来自对一个人身份的难舍之情和眷恋之心的"反舍利"，同它连结在一起的，是个人的历史以及对如何把它流传到后世的惦念。

舍利，这颗在佛祖焚化的灰烬中发现的不朽的珍宝，它标志着曾经存在过的生命，使人想起曾经存在过的生命。张岱的舍利并不是这本书，它是存在于这本书中的眷恋之情。张岱的舍利不是佛祖或圣人的舍利，眷恋之情包含了不同的内容：眷恋的人和所眷恋的东西——它可以是过去的生活、现在的生活，或者是企求他的名字被后人回忆起来的期望。正是眷恋之情创造了历史，一部参预了过去又规划到未来的历史。眷恋之情无限期地延缓了死亡：在石匮中永远会有写不完的手稿。眷恋之情通过写作而颁布出来。

"天地之道，可一言而尽也：其为物不贰，则其生物不测。"当我们回过头再来看看这段话时，我们就能体会到其中的真谛了，"天地"确实是存在的单一的统一体。但是，当我们把这个真理写到纸上时，随之出现的变化使我们迟疑起来：在落到纸上的世界里，统一体分解成了两爿——"天和地"——一个在上面，一个在下面；一个在运动，一个固定不变；一个光明，一个晦冥黑暗。在写作的世界里，所有的东西都落入关系、区别和欲求之中。张岱既不属于天和地的物质的统一体，也不属于佛教的四大皆空：对他来说，任何东西都有双重性，在双重性之上又有双重性：内在世界同外在世界分开，心灵的生活同肉体分开；动机同行为分开，它只有通过它所有的相互矛盾的、纷繁多样的表现才能体现出来；过去同现在分开，痛苦的现实同痛苦的梦分开。

译后记

宇文所安(一名斯蒂芬·欧文)的《追忆》我第一次看到,是在八十年代第一届北京国际书展上。当时我在《中华文史论丛》编辑部工作,同上海古籍出版社的总编钱伯城先生一起参加了书展。在哈佛大学出版社的书摊上偶尔翻到此书,爱不释手,于是鼓动老钱为出版社的图书馆买了一本。否则,五十美元的书对一个工薪不到一百元人民币的小编辑来说,颇有一些天文数字的味道。后来,出版社请了当时是上海宣传部部长的王元化先生主持编辑一套海外汉学研究丛书,就把这本书收了进去。我花了四个星期的业余时间,把它翻了出来。当时妻子在美国留学,否则,恐怕得四个月。

译文出来以后,我寄了一份给宇文,他回了一封信,说了很多好话。也许是出于客气,也许是真心话。也可能是兼而有之。今天回过头来读一读,倒也颇为自己注入译文中的激情而惊讶。文学家要能为一片现象而感动,激发灵感,以捕捉这一瞬间的独到感触,这就不容易;文学作品要能以文字的媒介,抓住读者的共鸣,以传递一种非此而无法传递的情感,更属不易;文学评论家要能凭借自己的历史文化修养,深化这一情感,把读者带到一个新的境界,扩展读者的精神视野,开拓读者心灵中一片在此以前都未意识到其存在的感情处女地，这就更是凤毛麟角了。至于跨越不同语言之间的障碍，圆满地把有如此造诣的文学评论家的论著精华传递给不同文化的读者，这就干脆不可能了。宇文先生所论述的文学家，是经过数百上千年中国文化筛选出的佼佼者。他自己可以说是唐诗研究中首屈一指的美国汉学家。至于我的译文，只能说是勉为其难，力求让中国读者感受到欧文所感受的那种情感的骚动。

宇文先生的文笔很好。他有许多见解很独到。我觉得他有自己的两大优势。第一，他入手中国文学，科班出身是考证。第二，他把文学作品当作一种自身独立的客观物来欣赏，而不是社会或历史的附庸物来分析。因此，他的看法多半是基于个人的感受，然后以历史资料和其他作品来佐证。由于他的功底颇深，所以许多见解虽然是基于个人的感受，但这种个人感受同历史运动多少有些合拍。这种研究法同国内的考证法、历史源流法、社会学分析法等都不相同，所以读来很有新鲜感。再加上他把文学史当文学作品来写，所以就更有读者了。

中国有句老话，叫做文如其人。这句话对宇文所安可不适用。他的笔调细腻，语言华美，能够抓住感情波动时神经触角的细微颤动。但他人却长得一个彪形大汉。七年前我在美国的一次魏晋南北朝文学学术讨论会上碰到他，花了好久才习惯于将其文和其人在脑子里融合起来。

美国对中国文学的研究，远远没有中国对美国文学的研究发达。然而，后者习惯于把美国文学看作是美国人的财产，或者甘心于以一个外国人的角度来看问题，或者力求以一定的美国文学流派为基点来分析美国的文学作品。在美国，有不少汉学家在分析中国作品时却持有不同的态度。他们认为,好的文学作品不属于哪一个特殊的文化,而属于所有对这作品有感应的读者。因为读者在对这作品有感应时是带有自己的经验和情感的,所以,对这一作品的分析不一定要按照中国历来文学史家所限定的框架,也不一定要遵循现代文学批评家走惯的轨道。他们不认为因为自己是外国人而同中国作品之间就有一种离间的、异己的关系;也不认为他们的分析不如中国人自己的来得深刻。他们借鉴中国学者的观点,但立足点还是自己的感受。因此,中国的读者也许会对他们的见解感到不习惯。然而,如果丢开你已有的观点,试图以一个无知者的角色进入他们的作品为你勾画的景致,也许你会发现自己在某些方面被无形地感化了。这恐怕是我能推荐的阅读本书的最好的方法了。

郑学勤
2004 年春